Peter Schalmey

Versuchte Liebe

Roman

Carl Hanser Verlag

ISBN 3-446-12821-2

Umschlag: Klaus Detjen
Gesamtherstellung: Mühlberger, Augsburg
Printed in Germany

I

Ich sehe sie deutlich: allein steht sie weit hinten, wo sich die Leute nicht mehr drängen. Die meisten Leute tragen Pakete. Sie trägt nichts weiter als einen Regenschirm. Sie kommt mir so bekannt vor, daß ich am Rücken friere und im Gesicht heiß werde. Ich habe ein Jahr Zeit gehabt, um auf diesen Augenblick zu warten, aber gewartet habe ich nur die letzten achtundvierzig Stunden lang, wo nach all dieser Zeit jede Stunde plötzlich eine Stunde zuviel war.

Sie ist in einen grünen Regenmantel gehüllt, der an ihr herunterhängt und keine Figur erkennen läßt. Auch an den Mantel kann ich mich erinnern. Sie hat, denke ich, immer Kleider geliebt, die ihr viel zu weit sind, Kleider, die man bei einer Schwangerschaft tragen könnte. In Wirklichkeit ist sie bis auf die Hüften eine magere Frau.

Ein Lautsprecher ruft noch einmal den Flug aus, mit dem ich gekommen bin. Es hallt, und die meisten Worte gehen in diesem Hall unter. Sie sieht jetzt auf uns, wie wir uns durch die Sperre schieben, die meisten mit vielzuviel Handgepäck. Am merkwürdigsten ist ihr Gesicht; je eingehender man ein Gesicht von verschiedenen Photos her kennt, umso fremder erscheint es nachher in Wirklichkeit. Und doch gibt es keine Änderungen, die ich jetzt ausmachen könnte.

Die Frau, die auf mich wartet, ist Lisa, die mich heute abholt, wie wir das am Telephon ausgemacht haben. Vor meiner Wegfahrt sind wir schon befreundet gewesen. Und es ist, als wolle die Frau meinen Irrtum teilen: als ich näherkomme, winkt sie mir zu.

Und obwohl ich näherkomme und mir die Sicht nur von Zeit zu Zeit durch die Pakete der anderen Reisenden oder durch Köpfe verstellt wird, und die Frau immer noch winkt, habe ich hartnäckig das Gefühl, sie winke jemandem hinter mir zu (hinter mir ist niemand), das Gefühl, es handle sich um eine dieser Täuschungen, die mir in der letzten Zeit öfters begegnet sind. Ich laufe auf der Straße einem alten Bekannten nach, und wenn ich ihn einhole, stellt sich heraus, daß es sich um eine ganz andere Person gehandelt hat. Manchmal geht die Täuschung so weit, daß ich ihr wider besseres Wissen nachgebe: der Mann auf der anderen Straßenseite sah meinem Vater ähnlich, er hatte diese Größe, diese weißen, im Nacken nicht ausgeschnittenen Haare, er ging ein bißchen nach vornübergebeugt und war bereit, daß er lostrabte wie ein Junge, und obwohl ich wußte, daß er seit vier oder fünf Jahren tot ist, habe ich den Versuch gemacht, diesen Mann zu erreichen. Ich habe es nicht durchgehalten. Was hätte es gebracht, einen völlig Fremden zu stellen? Ich gebe mich keinen Illusionen hin.

Das Gesicht, das mir die Frau zugewendet hat, daß ich es in den Händen halte und ganz vorsichtig küsse, als könne ein Gesicht durch Küsse zerstört werden, ist Lisas Gesicht. Ich denke, daß ich es selten so fröhlich gesehen habe. Auch die Stimme ist Lisas Stimme: ich kenne sie gut. Wie oft haben wir telephoniert, nur um uns darüber zu freuen, daß sich wenigstens unsere Stimmen trafen, obwohl wir so weit auseinander waren, daß wir zu verschiedenen Zeiten lebten. Wir hatten immer Angst, daß wir etwas ganz besonderes sagen müßten, weil die Ferngespräche so teuer waren, und deshalb sagten wir nichts.

Sie fragt mich jetzt nach der Reise.

Ich habe geschlafen, sage ich, im Flugzeug geschlafen. Das gelingt mir jetzt, daß ich überall schlafen kann. Und auch sonst hat sich viel geändert.

Ich merke, daß ich, wie früher, wenn ich mit Lisa zusammen war, viel zu viel reden will. Sie, die nicht zu Wort käme, würde dann gekränkt sein, ohne es mich wissen zu lassen. Ihr Gesicht kann nie so böse werden wir ihre Fäuste, die sie heimlich geballt hat. Sie trägt das meiste von meinem Handgepäck. Diesmal zwinge ich mich zu schweigen. Ich taste nach ihren Händen. Es sind etwas kalte Hände, die rauh am Handrücken sind, wie man es von der Hausarbeit kennt, eine kleine Unregelmäßigkeit am linken der kleinen Finger. Als habe sie sich als Kind dort eine Verletzung zugezogen, um die sich niemand gekümmert hat. Mein Vater, wenn ich früher krank war, hat die ganze Nacht an meinem Bett singen müssen. Das Lied hieß: Lebt der alte Hanauer noch, eine Zeile, die sich verschiedentlich wiederholte, und dann: Ja, er lebt noch, er sitzt im Bett und zappelt noch.

Ich halte Lisas Hände fest und habe doch das Gefühl, daß das Mißverständnis immer noch möglich wäre.

Ein Gespräch, das ich mit der Frau, die ich Lisa nenne, in einem Taxi führe, während ein warmer Regen (für die Jahreszeit viel zu warm) auf die Scheiben spritzt. Die Person, die ich einmal gewesen bin, ist dünner geworden, viel dünner, vielleicht selbständiger. Früher habe ich mich leicht beleidigen lassen und geschwiegen, bis ich mir nur noch dadurch zu helfen wußte, daß ich mit Selbstmord drohte, weil mir außer dem Sterben keine andere Antwort einfiel. Das ist lange vorbei, sage ich Lisa, die manchmal nickt, als ob sie die Sätze, die ich finde, schon lange kenne. Ich spreche Englisch mit ihr, als ob ich noch in Amerika wäre, *a beautiful country*, und habe das Gefühl, diese Sprache würde mir leichter fallen, obwohl ich inzwischen weiß, daß das falsch ist. Die Sprache, in der wir uns noch einmal einander nähern könnten, müßte jedenfalls erst erfunden werden.

Während die Frau den Fahrer bezahlt, bin ich schon aus dem Wagen gestiegen. Meine Koffer werden auf den Asphalt gestellt, wo sie leicht spiegeln. Die Frau hält die Aktentasche, die mir gehört hat. Sie spricht mit dem Fahrer, und der Fahrer lacht wie ein alter Bekannter. Lisa und ich, wir hätten früher kein Geld für ein Taxi gehabt, und Lisa, die alte Lisa, hätte nicht mit dem Fahrer geredet, weil er ihr fremd gewesen wäre. Überhaupt hat sie damals so wenig gesprochen wie möglich, und ich kenne, obwohl wir ganze Jahre zusammen gewesen sind, kaum etwas von ihrer Geschichte.

Als ich mich noch einmal nach ihr umdrehe, ist der Wagen schon abgefahren. Ich folge ihr mit dem Koffer, der ziemlich schwer ist und mir ein paarmal ans Bein schlägt. Ich sage mir, daß ich übermüdet bin. Die Frau bleibt vor dem Haus stehen, in dem ich mit Lisa gewohnt habe. Von der zweiten Tür, die in den Keller führt, ist eine der Leisten heruntergeschlagen und liegt auf dem Trottoir. Das Haus macht einen schäbigen, heruntergekommenen Eindruck. Ich habe die Frau eingeholt und drücke sie fest an meinen Körper. Wer bist du? frage ich sie. Sie antwortet: Ich bin die Lisa.

Ein Spiel, das wir schon gespielt haben, seit wir uns kennen. Wir kennen uns lang, aber in der Wohnung, in die mich die Frau jetzt führt, sind wir nur kurz gewesen, denn wir haben beide lange gezögert, in eine Wohnung zu ziehen. Ich nehme an, daß wir einfach Angst gehabt haben vor dem, was geschehen könnte. Eines Tages müßten wir erkennen, daß wir uns falsch gewählt hatten und auseinandergehen. Abschiede fallen mir schwer. Endgültige sind wie der Tod, den ich immer noch fürchte. Lisa glaubt, daß man sich trennen und trotzdem immer noch treffen kann und einander gutsein; daran glaube ich nicht.

Willst du nicht die Wohnung ansehen? fragt die Frau. Ich schütze Müdigkeit vor und lasse mich in der Küche auf einen Stuhl fallen. Es deutet nichts darauf hin, daß mein Kommen erwartet wurde, und das genügt mir. Ich rede mir sofort ein, daß es mir gefällt, daß man über mein Kommen keine besonderen Umstände macht. Alles wird lässig gehandhabt, sage ich mir. Ich sehe der Frau zu, die ein Bier einschenkt. Sie ist umgezogen und trägt jetzt die schäbigen Kleider, die ich von Lisa kenne: verwaschene Cowboyhosen und ein geflickter grauer Pullover. Aber Lisa ist nicht lässig. Sie beginnt sich zu entschuldigen. Du hast ja keine Ahnung gehabt, was hier los war, sagt sie. Ich frage nicht weiter. Sie fragt, ob ich etwas trinken will.

Kein Bier, sage ich.

Ach ja, sagt die Frau, ich verstehe.

Ich habe Lisa geschrieben, daß ich ein neues Leben anfangen will, und unter anderem bin ich auch fast asketisch geworden, ein Mensch, der wenigstens einmal im Monat fastet. In Kalifornien, sage ich, probieren sie alle möglichen Lebensformen aus, und fast immer versprechen sie sich davon, daß man länger lebt.

Daß Lisa nicht mit mir kommen würde, ist eigentlich immer klar gewesen. Natürlich haben wir uns gute Gründe dafür ausgedacht. Wir haben gesagt, daß wir froh sind, daß Lisa eine Arbeit hat. Lisa, die Arbeit verloren, würde von mir abhängig sein. Es würde sie böse machen. Wir hätten gestritten, und ich hätte in Amerika nicht mehr arbeiten können.

Ich habe Lisa in einer Wohnung zurückgelassen, in der im kalten Winter eine Heizung eingebaut wurde, so daß man die Böden aufschlug und Löcher in die Wände hackte, durch die man die Stimmen der Nachbarn noch deutlicher hören konnte, und von den Bohrungen, die an den Mauern vorgenommen werden mußten, wurde überall ein feiner rötlicher Staub in die Wohnung geblasen, gegen den wir Plastikbahnen aufspannten. Man bewegte sich, indem man ständig irgendetwas ein- oder auspacken mußte, und die Kälte hielt lang an in jenem Jahr. Nach den Berichten von Lisa soll es bis in den Mai so gegangen sein.

Jetzt weiß ich, daß die Begründungen, die wir uns ausgedacht haben, falsch sind. Ich habe sie verlassen, und kann jetzt erwarten, daß sie mir böse ist, obwohl uns das Eingeständnis gefehlt hat. Aber auf die Frage, ob sie wütend ist, schüttelt Lisa den Kopf.

Ich stelle fest, daß sie mich nicht ansieht. Sie hat, denke ich, immer noch ein schlechtes Gewissen, wenn sie böse ist und möchte sich nicht dabei erwischen lassen. Als sie ihr Bier ausgetrunken hat, sieht sie mich an und lächelt. Ich denke: Es ist das Lächeln von jemand, dem fast schon die Tränen aus den Augen stürzen, weil er an seinen Wünschen nicht festhalten kann.

Mit den Händen ordnet sie einen Strauß, den ich erst in diesem Augenblick wahrnehme, weiße Blumen mit langen Stielen, die sicher zu meiner Begrüßung dastehen. Ich nehme eine der Blumen und rieche daran und sage, daß sie nicht lange halten werden. Es ist jetzt so warm hier, sage ich.

Ich glaube nicht, daß Lisa das als Anerkennung verstehen kann, und auch sie sieht unangenehm berührt aus, so daß ich sie wieder frage. Ich könnte ständig diese Fragen stellen, mit denen ich mich versichere, und wahrscheinlich tue ich es jetzt bloß nicht, weil ich mir sage, daß ich sie damit quäle.

Sie sagt, daß sie etwas vergessen hat.

Was ist es? frage ich.

Wenn es dir unangenehm ist, werde ich das erledigen, sagt Lisa rasch.

Sie hat nämlich meiner Mutter versprechen müssen, daß ich sie gleich nach meiner Rückkehr anrufe.

Das Verhältnis zu meiner Mutter ist früher nicht sehr gut gewesen, und ich habe vor den Telephongesprächen mit ihren unerwarteten Angriffen immer Angst gehabt. Jetzt, wo ich mich beinahe sicher fühle, fällt mir auf, daß Lisa offenbar mit meiner Mutter telephoniert hat, und ich erinnere mich an Tage, in denen sie nichts mit Lisa zu tun haben wollte und den Hörer auf die Gabel warf, wenn sie merkte, daß Lisa am Apparat war, die nach mir verlangte.

Meine Mutter erzählt, daß sie die Wohnung immer kleiner macht, um sich auf den Tod vorzubereiten. Sie hat das Sofa im Wohnzimmer wegbringen lassen und verschiedene Kleider für Sammlungen hergegeben. Sie will den Keller an andere Leute vermieten, die sich eine Werkstatt dort einrichten wollen, und das Zimmer, das ich gehabt habe, räumt sie aus, daß es leer wird bis auf den Teppichboden. Keine Arbeit wird sie mehr haben damit und dort ihre Turnübungen machen. Während sie das erzählt, muß ich an die Selbstmorddrohungen denken, die sie uns früher gemacht hat. Jetzt ist sie so alt, daß sie mit ihrer natürlichen Abwesenheit droht, denke ich. Ich habe mir vorgestellt, daß ich mit diesem Gespräch, das ein Jahr lang nicht mehr geführt worden ist, etwas Neues anfangen könnte. Zum Beispiel: unsere Erinnerung ist geteilt, und meine Mutter behauptet, daß die Dinge, an die ich mich erinnere, nie so gewesen sind, und wenn schon (sie lacht dann, ein Lachen, das ich immer im Ohr haben werde), dann hat es viele andere Dinge gegeben, die anders gewesen sind, an die ich mich auch erinnern müßte, schon der Gerechtigkeit halber. Ich würde, habe ich gedacht, mit einem Mal meiner Mutter begreiflich machen, daß ich mich ja nach ihr sehne und unsere Erinnerung *eine* ist. Aber das Gespräch geht weiter, als sei es nie unterbrochen worden. Und wie früher stocken beide, weil keiner etwas zu sagen weiß.

Grüße Lisa von mir, ruft meine Mutter. Wie geht es Lisa?

Ich kann dir Lisa geben, sage ich, aber meine Mutter lehnt ab. Sie sagt: Jetzt habe ich ja dich.

Wenn sie so spricht, denke ich immer, daß sie mich für ein Stück ihres Besitzes hält. Sie drückt das aus, indem sie die Wendung benützt, daß ich *etwas Eigenes* bin.

Ich sehe die Frau an, die neben mir stehengeblieben ist. Sie hat eine Doppelhand gefaltet und sie mir auf die Schulter gelegt. Auf diese Weise hält sie mich fest.

Und du fährst also morgen ab, habe ich gehört, sage ich zu meiner Mutter.

Und sie: Ich hatte ja keine Ahnung, daß du schon wieder da bist. Sie verteidigt sich. Und dann: Du hast mich niemals angerufen.

Es ging nicht, sage ich. Das ist eine Lüge, und ich denke an die vielen Geschichten, die sich mein Vater für meine

Mutter ausgedacht hat. Sie gibt sich keine Mühe, sie aufzudecken.

Die Geschichten, die sich mein Vater für meine Mutter ausgedacht hat, haben ihm keine Freiheit gebracht. Ich meine damit, daß sie ihn nicht von der Wirklichkeit trennten. Sie wurden bestimmte Formen der Wirklichkeit. Ich kann mir etwa gut vorstellen, daß mein Vater gern einmal ohne meine Mutter verreist wäre, die ihn unablässig in Anspruch nahm. Aber ich kann mich nicht erinnern, daß er diesen Wunsch ausgeführt hat. So fuhr er auf Kongresse, auf die sie ihn nicht begleiten konnte. Er sparte an den Reisespesen und kaufte ihr davon Geschenke.

Meine Mutter sagt, daß ich sie sicher abholen werde, und in diesem Augenblick kann ich zum ersten Mal hören, daß sie sich freut.

Es ist eine Freude, die ich nicht zerstören kann. Es müßte Bedenkzeit geben, und ich frage die Frau, die bei mir steht, ob sie mitfahren würde. Die Antwort ist, daß sie keine Zeit hat. Sie sieht jetzt besorgt aus und sagt, daß sie mit meiner Mutter reden will.

Es gibt keine Bedenkzeit. Und ich sage meiner Mutter zu und freue mich über den Jubel, den sie jetzt ehrlich hören läßt, so daß mir der Abschied leichtfällt.

Natürlich weiß ich, daß sie jetzt anfangen wird, Pläne zu machen. Die ganze Zeit über, während wir beieinander sind, werden wir damit beschäftigt sein, diese Pläne auszuführen.

Es kommt aber darauf an, sage ich zu der Frau, die mich weiter festhält, diese Pläne zu unterlaufen. Ich gebe mich zuversichtlich, und als wir wieder in der Küche sind – wir streiten uns fast ein bißchen, weil ich gleich das Abwaschen übernehmen möchte –, fange ich an, von den Vorsätzen zu sprechen, wie ich meine persönliche Lage verändern könnte. Ich sage, daß ich ab heute andere Freunde haben möchte;

nicht Luise, die nicht anders kann, als mich zu quälen, nicht Manfred, bei dem ich nie das Gefühl habe, daß er mich ernstnimmt, Nelly nicht, weil sie doch nie in der Lage ist, die Zeit zu finden, die wir nun einmal brauchen, und vor allem nicht Krändel.

Für einen Augenblick hört die Frau auf, an der Kühlschranktür zu reiben. Sie sagt: Du hast dir ja eine ganze Liste gemacht. Es klingt vielleicht spöttisch, obwohl ich sicher bin, daß Lisa niemals spöttisch zu mir gewesen ist.

Stehe ich auch auf deiner Liste? fragt die Frau, während sie die Arbeit am Kühlschrank wieder aufnimmt.

Du doch nicht, sage ich und spüre den Schreck bis tief in den Magen hinein. Ich versichere ihr, daß es keinen Grund geben würde.

Die Frau seufzt. Sie nimmt den großen Obstteller vom Küchenschrank, um darunter abzustauben. Der Obstteller ist leer. Eine Fayence, die mir einmal meine Mutter geschenkt hat. Früher waren meine Eltern oft in Italien. Ich glaube, daß sie sich in Italien kennengelernt haben, als mein Vater dort war, um einen Lungenriß auszuheilen.

Nach einer Weile fängt die Frau wieder an. Aber warum denn Krändel? fragt sie.

Ich habe Krändel zwei- oder dreimal versucht zu schreiben. Er hat keinen meiner Briefe beantwortet. Ich finde es schwer, immer wieder diese Anläufe zu nehmen und jeden Kontakt nur von mir aus herzustellen.

Als ich dich besucht habe, habe ich dir ein Geschenk von Krändel mitgebracht, sagt die Frau.

Ich liebe es nicht, daß mich die Frau an das Geschenk erinnert. Ich liebe es nicht, an Dinge erinnert zu werden, die ich schon weiß.

Jedenfalls, sage ich, werde ich einfach abwarten, bis mich Krändel anruft. Und damit hat sich die Sache von selber erledigt.

Die Frau wirft mir vor, daß ich davon ausgehe, der einzige

Mensch zu sein, der sich verändert.

Wir schweigen.

Ich sehe der Frau zu, wie sie mein Bett macht. Eigentlich ist es nur eine Matratze, die in meinem Arbeitszimmer liegt, und diese Matratze wird jetzt neu bezogen.

Wenigstens die Wäsche hat sie gemacht, denke ich. Dann fällt mir ein, daß wir über Lisas letzten Brief sprechen müssen. Sie hat mir geschrieben, daß sie etwas entdeckt hat, das sie mir gern sagen würde. Sie schiebt es aber auf, bis sie mich sprechen kann. Und jetzt?

Später, sagt sie.

Ich sage: Also bis später. Und sie schließt die Tür. Durch die Milchglasscheiben darin kann ich sehen, daß im Flur noch lange das Licht brennt. Sie geht in der Wohnung hin und her, und ich stelle mir vor, daß sie unglücklich ist, enttäuscht; so habe ich ihr Gesicht in Erinnerung. Der Mund mutlos, die Augen traurig, Zorn in der Stirn, die mit den Fransen ihrer kurzen Haare bedeckt ist. In diesen Augenblicken möchte ich rufen, daß sie noch einmal zurückkommen soll. Aber es gelingt mir nicht, und ich sehe dem Schatten zu, der im Flur wandert, bis ich das Bewußtsein davon verloren habe.

II

Auf Lisas Kommode sitzt eine Puppe, die mir unbekannt ist. Es ist keine Puppe, wie man sie Kindern zum Spielen geben würde; sie hat ein zartes, aus Porzellan geformtes Gesicht und ist wie ein Harlekin angezogen; unter dem Kinn eine riesige schwarze Krause mit Goldborten. Goldborten auch an den Ärmeln und dort, wo die Hosen über den Knien abschließen, und die hohe, spitzige Mütze hat ebenfalls einen goldenen Rand. Ich hätte nicht gedacht, daß sich Lisa eine Puppe kaufen würde. Sie verdient jetzt viel Geld, denke ich.

Lisa, bis ich aufgestanden bin, ist schon zur Arbeit gegangen. Ich mache mich daran, ihr Bett in Ordnung zu bringen. Ich leere ihren Papierkorb, der mit zerrissenen, dicht beschriebenen Papierbogen angefüllt ist, mit einer leeren Pralinenschachtel, mit abgegessenen Apfelbutzen.

Ich mache das Fenster auf, um ihr Zimmer zu lüften, und sehe hinunter in den Hof. Zwei Männer in Regenmänteln, die sich zu unterhalten scheinen. Gegenüber eine Wand ohne Fenster, wahrscheinlich aus Blech, deren große, weißgraue Platten von der Feuchtigkeit wie mit Schmutz beschmiert sind. Vielleicht ist es Schmutz, oder der Rost frißt sich langsam von unten durch die hellgraue Farbe, frißt die Streifen entlang, die das herunterlaufende Wasser gezogen hat.

Es regnet immer noch. Der Himmel ist tief, ein einförmiges Grau, dunkler noch als die Wand, in das von den Dächern her, die von der Feuchtigkeit glänzen, Schornsteine, Wäscheträger und Fernsehantennen stoßen. Die Kastanien im Hof haben fast alle Blätter verloren.

Meine Hände sind ungeschickt wie nach einem Abend, an dem zuviel getrunken wurde und man lange im Rauch gesessen hat, der die Augen angreift. Lisas Federdecke rutscht auf den Boden, und ich sehe jetzt, daß in den Ecken große

Staubflocken hängen. Den Staubsauger, den wir gehabt haben, finde ich nicht. Auf dem Küchentisch liegt ein Zettel von Lisa. Ich wünsche dir einen guten ersten Tag, schreibt sie. Darunter die Nummer, unter der ich sie im Büro erreichen kann.

Ich kann Lisa nicht erklären, warum ich sie nicht angerufen habe. Sie steht im Bad und wäscht sich; ich rufe ihr zu, daß ich Gläser für die Regale in der Küche gekauft habe. Nur den Staubsauger habe ich nicht gefunden, sage ich.

Lisa hat aufgehört zu singen. Sie hat gesungen, als sie nach Hause kam mit einer kleinen Fichte unter dem Arm, die wir im Wohnzimmer aufstellen wollen. Es ist kein Weihnachtslied. Eigentlich singt Lisa keine bestimmten Lieder. Sie singt vor sich hin, wenn sie vergnügt ist. Ich möchte darin immer einen Ausdruck ihrer Musikalität sehen; daß sie improvisieren kann, auch wenn ihr die Themen meistens unbekannt sind.

Sie sagt: Den Staubsauger habe ich in die Reparatur getragen. Ich hätte ihn nicht zu suchen brauchen.

Das Wohnzimmer enthält eine lange Bücherwand mit Büchern, von denen die meisten mir gehört haben, das Telephon, das auf einem Teewagen steht, und vorn an der Tür einen alten Kleiderschrank, der irgendwann einmal weiß überstrichen worden ist, und auch diese Farbe blättert jetzt ab, klebt sich an Schuhsohlen und wird in die ganze Wohnung getragen. Mir fällt ein, daß ich ihn einmal grün und blau anmalen wollte, mit riesigen hellblauen Blüten, die zu den Vorhängen paßten, die wir auch niemals aufgehängt haben. Damals haben wir nur auf den Einbau der Heizung gewartet.

Lisa versucht, den Baum in einen Ständer zu bringen, den sie ebenfalls mitgebracht hat. Sie freut sich, vielleicht weil es das erste Mal ist, daß wir an den Feiertagen zusammen sein werden, und darüber möchte ich mich auch freuen und meine Kehle wird ganz heiser davon.

Du freust dich, sage ich.

Es klingt aber wie ein Vorwurf.

Ist es dir gutgegangen im Büro?

Lisa schüttelt den Kopf. Sie will jetzt nicht vom Büro sprechen. Jetzt ist sie hier.

Jetzt umarmt mich Lisa und sagt: Ich freue mich, du doch auch?

Ich doch auch.

Aber so einfach wird sich Lisa nicht täuschen lassen. Sie weiß, daß es nur etwas ist, das ich möchte, und ich muß das zugeben. Sie nimmt meinen Kopf in die Hände und ruft immer wieder meinen Namen, ganz leise.

So kommt das Gespräch auf den Anruf.

Die Stimme, die ich höre, als ich den Hörer abnehme, ist undeutlich. Sie haspelt sich durch eine Sprache, die ihr fremd ist, ohne zu bestimmten Sätzen zu gelangen. Eigentlich ist nur auszumachen, daß sie nach Lisa verlangt, oder Lischa, wie die Stimme sagt, Lischa, Lischa. Lisa ist nicht da, sage ich, aber was wollen Sie? Soll ich ihr etwas ausrichten?

Darauf murmelt die Stimme etwas Unverständliches und legt wieder auf. Es ist eine Männerstimme gewesen.

Natürlich räume ich ein, daß das eigentlich nichts Besonderes ist. Wahrscheinlich sind es die Erinnerungen, die mich beunruhigt haben.

Wir sind in die Küche gegangen, damit Lisa meine Gläser ansehen kann, und ich zähle ihr die Namen des Getreides auf, das die Gläser füllt: die Hirse, der Weizen, der Roggen, der Hafer, der Dinkel. Seit ich in Kalifornien war, möchte ich meine Ernährung verändern. Ich bin zum Beispiel fast dabei, ein Vegetarier zu werden.

Jetzt ist es eine Ablenkung. Lisas Stimme, als sie das feststellt: sachlich, fast kalt, daß man es mit der Angst bekommen könnte.

Um Lisa alles zu sagen, müßte ich ihr beschreiben können,

was sie für mich gewesen ist: die erste Frau, zu der ich Vertrauen hatte, die erste Person, zu der sich die Gespräche, die alles bedeuten, nicht nur in meiner Vorstellung abspielten.

War sie nicht da, dachte ich so stark an sie, daß es mir wehtat. Gewisse Einzelheiten von Lisas Körper, etwa das Profil ihres Gesichtes von der rechten Seite mit ihrem Lächeln, hatten sich unlösbar in meinem Kopf eingegraben.

Waren wir eine Zeitlang getrennt gewesen, rissen wir uns bei der ersten Gelegenheit, die sich dafür ergab, die Kleider vom Leibe und legten uns aufeinander, um eine Nähe zu suchen, die mir nie nah genug sein konnte.

Ich hörte Lisa unter mir vor Vergnügen schreien. Sie nahm dazu Pillen ein, die sie nicht vertrug, denn sie fürchtete sich davor, ein Kind zu haben.

Einmal bei einer solchen Rückkehr hat sie mir erzählt, daß sie etwas Dummes gemacht hat.

Auch das ist vielleicht nichts Besonderes, wenn ich es jetzt erzähle, und ich komme mir vielleicht lächerlich vor: Lisa, die eines Abends einen Mann in der Straßenbahn trifft, der ihr erzählt, daß er Selbstmord begehen will, weil er nicht mehr weiterweiß: sie läßt sich davon überzeugen, ihn mit nach Hause zu nehmen.

Heute glaube ich, daß ich diese Geschichte nie ganz verwunden habe, daß ich vielleicht nur deshalb die Gründe fand, allein nach Amerika gehen zu müssen.

Ich hatte das Bild von Lisa, daß sie so lieb ist, daß sie mir alle Wünsche von den Augen abliest. Mit dem Untergang dieses Bildes bin ich noch nicht zurechtgekommen.

Lisa schweigt auf alles, was ich gesagt habe. Das meiste habe ich gar nicht gesagt. Sie sitzt am Küchentisch und bohrt einen Zeigefinger in ihre Wange ohne mich anzusehen.

Du bist traurig, stelle ich fest.

Sie sagt: Ich dachte, daß du mir einmal vergeben hast.

Ich suche nach einer Rechtfertigung, weil ich das Gefühl habe, daß sie langsam wütend wird.

Du wolltest nie darüber reden, was es für ein Problem ist für mich.

Oder: eine Person wie ich, die sich selber nichts vergibt und in der Nacht manche Stunde wachliegt und sich damit quält, daß sie tagsüber eine falsche Antwort gegeben hat, eine solche Person kann auch einem anderen schwer einen Fehler nachsehen.

Dann sage ich mir, daß diese Erklärungen falsch sind, und halte den Mund.

Die Stille ist lang geworden. Aus der Küche über uns bellt ein Nachrichtensprecher. Ich stehe auf, um den Wasserhahn abzudrehen.

Da erzählt mir Lisa, daß sie eine Therapie angefangen hat. Es ist eine Therapie, die mir nicht vertraut ist: Leute, die man an bestimmten Stellen massiert hat, beginnen plötzlich zu weinen. Andere spüren eine Wut, die sie auf Kissen losschlagen läßt. Manche werden auch fröhlicher: sie sitzen sich gegenüber und prusten sich lachend ins Gesicht oder kichern, unfähig geworden, noch ein einziges Wort zu sagen, in sich hinein, nur weil sie sich geradewegs in die Augen geschaut haben.

Der Mann, der sie sprechen wollte, sagt Lisa, ist wahrscheinlich ihr Therapeut. Er ist ein Ausländer.

Mir fällt ein, daß ich Lisa früher oft davon zu überzeugen versuchte, daß sie eine Therapie anfangen solle. Das ist geschehen, nachdem Lisa mir erzählt hatte, ihr wäre etwas Dummes passiert. Damals begann ich, alles was ich getan hatte, zu überprüfen, und dachte auch über Lisas Trauer nach, die plötzlich und ohne Ankündigung kommen konnte und sie tatenlos machte. Diese Trauer hatte, wie ich bemerkte, eine seltsame Anziehungskraft für mich. Ich dachte mir, daß sie mit einer anderen Eigenschaft Lisas zusammenhing, die mir unsympathischer war: der Fähigkeit, ganze Tage einfach zu schlafen.

Sprach ich sie darauf an, schwieg sie einfach hartnäckig

oder rief, daß sie in Ordnung sei. Es ginge ihr gut, sie wäre eben nur manchmal müde und müsse schlafen. Dazu bedürfe sie meiner Hilfe nicht.

Eigentlich bin ich eifersüchtig darauf, daß sich Lisa in meiner Abwesenheit plötzlich entschlossen hat, alles in Angriff zu nehmen, aber ich lobe sie jetzt und übertreibe dabei ein bißchen; ich sage: Du hast dich ja schon so verändert, daß du es fast nicht mehr nötig hast. Und als sie lächelt, fange ich an, über die Vergangenheit kleine Witze zu machen, obwohl mir eigentlich nicht danach ist, und wir reden sehr viel, etwa daß schon mein Vater Vegetarier war, während wir heute die besseren Gründe haben.

Nachher gehen wir zum Baum zurück. Ich erinnere mich jetzt, daß mein Vater immer die unteren Zweige von diesen Bäumen abgeschlagen hat, und an die Pappstücke, die man in den Halter schieben mußte; und Lisa holt ein Papier, damit die Nadeln, die der Baum schon am ersten Tag zahlreich verliert, nicht auf den Boden fallen.

Als der Baum steht, umarmen wir uns.

Ich habe noch eine Überraschung für dich, sagt Lisa. Aus ihrem Zimmer kommt sie mit einer Schachtel zurück, in der kleine Schaukelpferde und Vögel aus Holz sind, die Lisa selber angemalt hat. Es sind nicht sehr viele Schaukelpferde und Vögel, und als sie am Baum hängen, machen sie einen verlorenen Eindruck.

Aber das macht nichts. Mit der Zeit, sage ich, werden es viele Pferde und Vögel werden. Und außerdem werden wir umso mehr Kerzen haben.

Samstag: diesmal fällt mir zu dem Telephongespräch Luise ein. Man sagt, daß man sich immer in seinen Therapeuten verliebt. Ich erinnere mich, wie eifersüchtig Lisa auf Luise gewesen ist. Allerdings stimmt es, daß sich Luise nicht abgrenzen kann, wie es sich für einen Therapeuten eigentlich gehört. Wenigstens in der Phantasie spielt sie mit den alten Liebesgeschichten, die bei ihrer Arbeit entstehen, und ich denke mir, daß ich die Trennung von Luise bis auf diesen Tag noch nicht vollzogen habe, obwohl ich es eigentlich besser wissen müßte. Ich spüre ihre Abwesenheit, wenn ich mich einsam fühle. Ich fühle mich einsam an diesem Morgen. Lisa ist noch im Bett. Ich sage mir, daß ich sie schlafen lassen muß, damit sie den Schlaf nachholen kann, den sie unter der Woche noch nicht gehabt hat. Vorsichtig wasche ich das Geschirr ab. Luise, als sie zum ersten Mal mit mir sprach, wirkte auf mich wie eine Frau, die immer schon dagewesen ist. Die immer schon dagewesen ist: und das stimmt, denn nicht nur in den Sachen, die ich mir über sie ausdenke, ist Luise meiner Mutter sehr ähnlich. Ich kenne sie jetzt über die Maske, die sie bei ihrer Arbeit trägt, hinaus, denn sie hat mich in Amerika besucht. In Amerika sind wir vierzehn Tage oder drei Wochen zusammen gewesen und haben uns, wie ich glaube, heillos zerstritten. Aber es gehört zu den Eigenschaften Luises (wie auch meiner Mutter), daß sie über strittige Punkte, die nicht in ihre Pläne passen, einfach hinweggeht.

Auf der Straße begegne ich einem alten Bekannten, dessen Namen ich vergessen habe. Es ist einer der zahlreichen Freunde Krändels, und weil wir bei dieser Kälte nicht stehenbleiben können, um uns zu unterhalten, geht er ein ganzes Stück mit mir mit.

Ich habe dich lange nicht gesehen, sagt er.

Ich erzähle ihm, daß ich in Amerika war, aber das scheint er schon zu wissen.

Ein Forschungsstipendium, ich habe davon gehört.

Ich schwärme von den Leuten, mit denen ich zusammengearbeitet habe.

Aber hat es dich weitergebracht? fragt er.

Ich muß zugeben, daß das Geld nicht so weit gereicht hat, daß ich meine Arbeiten hätte abschließen können.

Also hast du im Grunde genommen nichts davon gehabt, sagt er. Er möchte davon überzeugt werden, daß es mit einem Forschungsstipendium auch keine richtige Sache mehr ist, aber ich schweige.

Er verdient jetzt sein Geld, indem er die Leute beaufsichtigt, die abends in den Kneipen und auf den Straßen die Zeitung vom nächsten Tag verkaufen sollen. Die Philosophie, die er dazu entwickelt, ist einfach: entweder mit dem geringsten Aufwand möglichst viel Geld verdienen oder –. Dazu sagt er nichts. Sein Gesicht ist häßlich von seinem Lachen.

Zum Abschied sagt er mir, daß ich einmal anrufen soll. Er geht mit langen Schritten, den Mantelkragen hochgezogen, gebückt gegen den Regen. Die Nässe läßt die Plakate, mit denen verschiedene Werbegesellschaften einen Wahlkampf zwischen den Münchner Parteien veranstalten, von ihren Gestellen rollen. Sie wünschen uns fröhliche Weihnachten und ein glückliches neues Jahr.

Nachdem ich lange die Plakate mit den Sonderangeboten betrachtet habe, auf die zur Feier des Tages grüne Sterne gedruckt sind, betrete ich einen der billigen Läden, wie es sie jetzt überall auf der Welt gibt. Hauptsächlich werden dort haltbare Waren verkauft; Konservendosen, die man zum Teil selber aus den Kartons suchen muß, Vollkornbrot, das mit Ameisensäure konserviert ist. Schon gibt es keinen Quark und keine Milch mehr, und mancher billige Käse sieht unter dem Zellophan wie zerlaufen aus. Die Gänge sind schmal, und weil ich mich langsam bewege, werde ich oft in den Rücken gestoßen. Einer bepackt sich mit billigem Sekt, und ein alter Mann, dessen linkes Auge zu stehen scheint, ist damit beschäftigt, Klopapierrollen einzusammeln, die er heruntergestoßen hat. In den hinteren Ecken des Geschäftes sind große Spiegel, die beinahe alles im Laden zeigen. Sie zeigen, wie sich alles bis an die einzige Kasse drängt, die besetzt ist. Die meisten Gesichter, wenn sie sich einmal umdrehen, sind bitter. Eine Mutter versucht, ihre beiden Kinder davon abzuhalten, immer neue Schokoladetafeln aus den Regalen zu ziehen und ihr in den Korb zu packen. Ich warte lange in dieser schlechten Luft, in der es nach faulen Orangen und Waschmittel riecht. Gesprochen habe ich mit niemand. Die Verkäuferin, wenn das Geld nicht gleich da ist, macht eine fordernde Handbewegung. Die Blicke der Leute, die hinter mir warten, machen mir Angst. Es ist, als könnte ich sie im Rücken spüren. Eigentlich habe ich überhaupt keine Lust, etwas für Weihnachten einzukaufen, und wäre es nicht für Lisa, ich würde überhaupt nichts essen an diesen Tagen.

Ich habe eine steifgefrorene Hühnerleiche und Zwiebeln. Beides schiebe ich in den Kühlschrank. In Lisas Zimmer rührt sich immer noch nichts. Ich beschließe, meinen Koffer fertig auszuräumen, der bisher immer noch im Flur steht. Lange habe ich in der Mappe mit den Briefen geblättert, die mir Lisa nach Amerika geschrieben hat. Ich lese, wie sie mir zuredet, abzuwarten und doch noch nach Mexiko zu fahren, wie ich es mir vorgenommen hatte. Ich erinnere mich an die Ungeduld, mit der ich hierher zurückkehren wollte. So sitze ich auf dem Tisch, während der Regen an die Scheiben schlägt, eine unbestimmte Zeitlang, bis ich endlich den leeren Koffer in das kleine Zimmer trage, das früher, als noch zwei Familien in dieser Wohnung lebten, eine Küche gewesen ist, und uns jetzt als Schrank dient.

Vielleicht ärgert es mich, daß ich nicht mehr dazu gekommen bin, Lisa zu wecken; sie hat ein Telephongespräch, und ich höre sie im Wohnzimmer lachen. Mir scheint, als könnte ich sie nie so zum Lachen bringen, oder als würde sie mit mir nie Telephongespräche führen, die so endlos dauern.

Lisa erzählt, daß es ein Kollege war, der ihr fröhliche Weihnachten gewünscht hat.

Als sie fragt, ob sie etwas einkaufen soll, zeige ich ihr stumm den Kühlschrank und frage sie, ob sie damit genug hat. Nein, ruft Lisa, sie will es nicht leiden. Ich denke, daß sie sich früher einfach gefreut hätte, als wäre ihr ein Geschenk gemacht worden.

Aber jetzt wollen wir ausmachen, wer an welchen Tagen die Hausarbeit übernimmt. Auch das ist nicht Lisas Idee gewesen. Es ist meine Erfahrung, daß sich die Hausarbeit nicht von selber erledigt, sage ich.

Gibt sich Lisa geschlagen? Sie schweigt und sieht mich an, und ich lese einen gewissen Vorwurf aus ihren Augen, die immer von einer unbestimmten Farbe gewesen sind, grün oder braun.

Sie nimmt das saubere Geschirr aus dem Ständer, in dem es trocknet, und geht daran, sich ein Frühstück zu machen. Sie setzt Teewasser auf und rührt an einem Pfannkuchenteig und erzählt dabei einen Traum, den sie in dieser Nacht gehabt hat: Lisa sitzt in einem Zug, in dem einige ihrer Kollegen fahren. Sie sitzen weit auseinander, und wenn sie sich etwas zu sagen haben, rufen sie sich das zu. Schließlich stellen sie fest, daß Erich fehlt. Es ist Lisa, die ausgewählt wird, um nach Erich zu suchen. Sie geht durch den Zug und weiß plötzlich sicher, daß Erich nicht mehr da ist, als hätte sie seine Abwesenheit gesehen. Vielleicht hat sie einen Schaffner gefragt. In Lisas Träumen von der Eisenbahn wissen die Schaffner alles. Als Lisa auf ihren Platz zurückkehren will, sitzt dort ein Fremder. Und weil der Zug plötzlich voll ist, muß sie neben ihm Platz nehmen. Er scheint ihr nachzurükken; es wird qualvoll eng.

Und dann?

Sie sehnt sich danach, den Zug zu verlassen.

Und dann?

Lisa wacht auf.

Ich schweige und erkläre Lisa, daß ich ja abwarten muß, was ihr selber zu dem Traum einfällt. Ihr redet euch alle mit Vornamen an, sage ich.

Nicht alle, sagt Lisa. Meistens nur die Leute aus der Abteilung. Die anderen sieht man ja fast nie.

In Amerika, sage ich, reden sich alle mit Vornamen an, und sie duzen sich notgedrungen, weil die Sprache keinen

Unterschied macht. Früher habe ich mir immer gewünscht, dort zu sein, weil mir das wunderbar schien; du duzt einen Institutsdirektor und redest ihn mit Vornamen an, was hier allenfalls umgekehrt denkbar wäre. Nach und nach habe ich jetzt erkannt, daß die Abstände dadurch in Wirklichkeit gar nicht kleiner werden. Man ist nur eher geneigt, sie zu vergessen, und der Institutsdirektor bleibt der Mann, der Leute vom einen auf den anderen Tag entläßt, wenn sie nicht mehr in seine Projekte passen. Jetzt lege ich auf diese Duzerei gar keinen Wert mehr und will nur noch klare Verhältnisse.

Während wir warten, rappelt wieder und wieder das Telephon. Das heißt, *ich* warte. Der Traum hat in mir die Vorstellung geweckt, daß Lisa Schwierigkeiten im Büro hat, und ich möchte, daß sie mit mir darüber redet, weil ich nicht davon anfangen kann. Aber nach dem ersten Telephongespräch scheint Lisa vergessen zu haben, wovon die Rede war.

Immer wieder melden sich Leute, die mit ihr sprechen wollen. Ich kenne die meisten nicht, aber ich bleibe im Zimmer, solange ich nicht von ihr fortgeschickt werde, und denke, daß ich Lisa zum Lachen bringen möchte wie die andern.

Der Staub, der auf den Büchern liegt, die einmal mir gehört haben, hat Flocken gebildet, die mir an der Hand hängen bleiben. Und Lisa, die früher außer einer alten Freundin fast nur die Leute gekannt hat, die meine Bekannten gewesen sind, redet ins Telephon, ohne daß wir uns wenigstens mit den Blicken treffen. Als es dunkel wird, zünden wir die Kerzen an, die am Baum sind und tauchen das Wohnzimmer in ein zitterndes Licht, das von der Straßenbeleuchtung noch verstärkt wird und Lisas blasses Gesicht rötlich macht.

Ich sage, daß ich Weihnachtslieder singen möchte, und weil ich kaum einen Text weiß, singt Lisa die Lieder, während ich versuche, sie auf der Gitarre zu begleiten. Wieder das Telephon. Diesmal ist es für dich, sagt Lisa. Sie freut sich. Es ist Luise, die mich begrüßen will.

Und obwohl ich überrascht bin, daß sie sich nach allem, was geschehen ist, noch meldet, und mich eigentlich freuen sollte, wird unser Gespräch nach der ersten lauten Fröhlichkeit leer; jeder hat sich in seine eigenen Gedanken zurückgezogen.

Ich will nicht vergessen, wie Luise die Nähe, die unsere Reise hätte ermöglichen können, zunichte gemacht hat. Wir sollten ein Heft über unsere Ausgaben führen, das sie regelmäßig prüfte, und eines Tages hat sie mich dann eines Rechenfehlers überführt und wie einen Betrüger beschuldigt. Es ist überhaupt nicht gut, mit einer Frau zu reisen, die viel mehr Geld als man selber besitzt.

Wir hätten uns trennen müssen, möglichst von Anfang an. Aber darüber sprachen wir nicht. Ich türmte mir nur die Gründe auf, die einer Trennung entgegenstanden. Ich fuhr das Auto. In Wirklichkeit wäre nur Luises Bequemlichkeit berührt worden, die ich eigentlich haßte; diese Art, sich unbeteiligt das Gepäck nachtragen zu lassen, oder lang und unbekümmert zu schlafen, um sich später zu erregen, wenn aus irgendeinem Grund eine Verspätung entstand.

Ahnt Luise, wie mich diese Erinnerungen aufbringen? Ich glaube es nicht. Ich glaube nur, daß Luise allgemein bereit ist, schlechte Beziehungen zu erwarten und hinter einem unbeholfenen Schweigen eine Feindseligkeit zu entdecken.

Sie macht auch gar nicht den Versuch, mich auszuholen. Sie tut etwas, was mich eigentlich viel eher verstört, als es eine Anmaßung Luises alter Rolle vermöchte. Sie läßt sich Lisa geben, und die beiden geraten mit aller Selbstverständlichkeit in ein langes Gespräch.

Was sie gesagt haben, weiß ich nicht. Ich bin in die Küche gegangen und habe mir ein Glas Wasser einlaufen lassen. Jedesmal, wenn ich ein Glas getrunken habe, nehme ich mir ein neues. Ich stelle die Gläser in einer Reihe auf den Küchentisch. Die Stimmen der Nachbarn sind laut oder fröhlich geworden. Geräusche von Gabeln und Messern, die auf den

Tellern klappern; sie haben schon mit dem großen Essen angefangen. Ich ziehe den Geruch des Bratens ein. Ich denke, daß ich jetzt keinen Braten essen möchte, daß Fleisch, das man kauen muß, ekelhaft ist. Es ist ekelhaft. Das Gefühl zu ersticken. Auf den Balkon hinaustreten; die Winternächte sind kalt, wenn man nur ein Hemd anhat. In den meisten Fenstern, die ich sehen kann, brennt Licht, und wenn es nur das graue Licht der Fernseher mit seinen seltsamen Wechseln ist. So stehe ich lange und beginne zu frieren, während ich die Kälte spüre, die von den Füßen her über die Haut hereinzieht. Der Körper ist schrittweise auf dem Rückzug.

Endlich kommt Lisa und nimmt eine der Hände, die kalt an meinem Körper herunterhängen.

Ich habe nie mitmachen wollen, wenn ich in große Kreise gezogen wurde, deren Geselligkeit mir immer erzwungen und wie etwas Falsches erschienen ist; auch jetzt leiste ich Widerstand. Dabei ist es nur Lisa, die mir die Hände reibt und mich ins Wohnzimmer bringen will, wo es geheizt ist. Dort sollen wir den Besuch Luises erwarten.

III

Luise läßt uns warten. Es kommt mir so vor, als prüfe sie uns; ich habe sie mir immer wie eine Lehrerin vorgestellt. Natürlich weiß ich, daß es in Wirklichkeit wahrscheinlich nur so ist, daß Luise sich nicht entscheiden kann, welches Kleid sie anziehen soll, oder daß sie es überhaupt bereut, Lisa eine Zusage gemacht zu haben, der sie so bald nachkommen muß. Zwischendurch habe ich gehofft, daß sie uns weiter warten und den Besuch für dieses Mal ausfallen läßt. Als sie kommt, stelle ich den Plattenspieler ab. Jetzt erscheint sie in einem langen schwarzen Kleid mit geschlitzten Ärmeln, die weit herabhängen und ihre weißen Arme noch dünner machen. Sie stellt uns Fragen. Ich würde das nicht erwähnen, weil es nach so langer Zeit natürlich ist, wenn man sich viele Fragen zu stellen hat, aber Luise stellt ihre Fragen mit einer seltsamen Eindringlichkeit, als müsse sie etwas niederreißen, das zwischen ihr und uns liegt, und ich spüre den Widerstand, den sie damit bei mir herausfordert.

Luise ist eine kleine Frau mit einem runden Gesicht und einem mädchenhaften Körper, dessen Formen sie gern versteckt. Mädchenhaft fallen auch ihre langen sandbraunen Haare, die sie unter einer schwarzen Samtmütze trägt. Manchmal reichen sie bis zu ihren Händen, wenn sie sie etwas von ihren Knien aufhebt, um eine ihrer Aussagen zu unterstreichen. Wie ihre Fragen kommen mir ihre Antworten übertrieben vor. Antwortet Luise ach, wenn sie eine Nachricht erfährt, die Anteilnahme erfordert, klingt dieses Ach übertrieben, und in seiner Übertriebenheit berechnet wie von einer Schauspielerin. Dafür lacht Luise gern, aber ihr Lachen bleibt leise. Es ist ein Lachen, das keine Stimme hat, und sie versteckt ihren Mund mit den Händen oder indem sie sich noch tiefer auf ihre Knie herabbeugt. Das Gesicht verschwindet in ihren Haaren.

Das schwarze Kleid ist ein Kleid der Trennung – Luise liebt es, ihrer Gestalt durch Gegenstände Bedeutung zu verleihen – sie hat beschlossen, daß sie einen ihrer Freunde, von dem sie auch damals, während unserer Reise sprach, nicht mehr sehen will. Heute trägt sie auch keinen Schmuck, nicht einmal die großen Perlen, die sonst immer an ihre Ohren gesteckt sind. Ich sehe ihr unruhig zu, wie sie mit abgeschnittenen Tannenzweigen in den Kerzenflammen spielt, weil sie den Duft der Nadeln liebt, wenn sie verglimmen, und sage mir, daß sie diese Unruhe wahrscheinlich ihren Fragen zuschreibt.

Was sagt deine Mutter dazu, daß du sie an Weihnachten nicht besuchst? fragt Luise.

Ihre Hände sind immer, als wolle sie etwas streicheln. Wir sitzen weit voneinander entfernt; sie am Baum und ich in der Nähe des Fensters, wo jetzt von draußen die Straßenbeleuchtung in der Dunkelheit schimmert.

Meine Mutter, sage ich, hat keine Einwände gehabt.

Jetzt könnten wir über Luises Mutter sprechen. Unsere Mütter verbinden uns, und wir sprechen darüber, wenn wir ein Gefühl der Gemeinsamkeit herstellen wollen, wie vielleicht zwei Leute über den Schiffbruch reden, bei dem sie sich kennengelernt haben.

Sie besteht darauf, daß ich jetzt bei ihr bin, sagt Luise. Sie könnte es nicht verstehen, daß ich lieber hier sitze.

Luise ist jetzt bald vierzig Jahre alt, ein Alter, das sich nicht in ihrem Gesicht, diesem Gesicht mit den großen Augen spiegelt, aber an ihrem Hals und den Handgelenken.

Denkst du immer noch daran, jetzt ein Buch zu schreiben? Wenn Luise diese Frage stellt, muß ich an das Buch denken, das Luise nach Abschluß meiner Therapie mit mir zusammen über sich selber schreiben wollte. Luise hat viele solche Ideen, und sie gibt sich überhaupt als künstlerischer

Mensch. Ich glaube, daß sie einmal Musik studieren wollte, und sie fertigt zarte, winzige Zeichnungen an, auf die sie so stolz ist, daß sie sie manchmal an ihre Freunde verschenkt.

Ich sage, daß ich wirklich ein Buch schreiben möchte. Ich möchte ein Buch über meinen Vater schreiben. Es ist ein umfangreiches Projekt: im Lauf des nächsten Jahres will ich in Deutschland herumreisen und seine alten Bekannten befragen, denn eigentlich weiß ich wenig über sein Leben.

Ich denke mir meinen Vater als Vorbild. Mein Vater hat im spanischen Bürgerkrieg gegen Hitler gekämpft. Ich glaube, daß ich, wenn ich meinen Vater verstehen würde, von meiner eigenen Bewegungslosigkeit loskäme, dieser Lähmung, die uns alle seit Ende der sechziger Jahre befallen hat.

Aber Luise läßt mich nicht lange darüber reden. Sie macht eine Bewegung mit den Beinen, als wollte sie mir näherkommen, und fragt: Hast du daran gedacht, daß es Lisa ist, die für dein Buch arbeiten muß?

Das Geld verdienen.

Sie redet, als ob Lisa nicht im gleichen Zimmer wäre, oder als hätten sie vielleicht untereinander abgesprochen, daß mir Luise diese Frage vorlegen werde. Ich sehe zu Lisa hinüber, aber Lisa, den Kopf in die Armbeuge gelegt, folgt uns mit ihren ruhigen Blicken, ohne mir ein Zeichen zu geben.

Ich wundere mich über den Eifer, mit dem sich Luise in die Abmachungen drängt, die Lisa und ich getroffen haben. Ich denke, daß es mir nicht leicht gefallen ist, diese Rolle zu wählen. Meine Mutter, die es nicht verstehen will, daß ich jetzt, nach der ganzen Ausbildung, die ich gehabt habe, keine Anstellung finde, die wenigstens sie zufriedenstellt, hat verlangt, daß ich mich sofort beim Arbeitsamt melde. Dann wäre alles geregelt, und ich könnte doch, meint sie, bei einer Bibliothek unterkommen, und stellt sich immer neue Berufe vor, für die ich in Wirklichkeit nicht die geringste Chance habe. Daß ihre Vorstellungen vielleicht lächerlich sind, macht ihren Druck nicht geringer, denn für mich sind sie nicht lächerlich, sondern höchstens rührend. Es tut mir weh, wenn ich sie so reden höre.

Und jetzt höre ich etwas ähnliches von Luise, die nicht glaubt, Lisa werde bereit sein, das hinzunehmen, und Lisa, schwer zu begreifen, mischt sich nicht ein. Sie ist aufgestanden – wie aufrecht sie jetzt geht, denke ich – und kommt mit einer Flasche Sekt wieder herein.

Wir wollen darauf trinken, daß wir uns alle wiedersehen, sagt sie.

Wir heben die Gläser. Lisa lächelt Luise zu, und ich verstehe überhaupt nicht, wie Lisa das fertigbringt, daß sie Luise beinahe zu einer Freundin gemacht hat und mit ihr spricht, als wäre nie etwas gewesen, Lisa, die in der Zeit, als Luise nicht mehr für mich war als eine seltsame angebetete Lehrerin, so eifersüchtig war.

Sie sprechen über das Problem, wie man mit den Gefühlen umgehen soll, die dem Verstand widersprechen. Das heißt, in der Hauptsache spricht Luise über dieses Problem, ein Thema, auf das sie immer wieder zu sprechen kommen wird. Sie spricht fast darüber, als wäre es für sie von einem wissenschaftlichen Interesse.

Und jetzt geschieht es, daß Lisa einfach erklärt, daß sie nicht versteht, was Luise sagen will.

Du möchtest etwas mit dem Verstand, sagt Luise, aber deine Gefühle wollen anders, und du tust dir weh, wenn du deinen Verstand durchsetzen willst. Daran müssen wir leiden. Kannst du das nicht verstehen?

Lisa schüttelt den Kopf.

Ich möchte ihr zu Hilfe kommen, und natürlich kenne ich Luise lange genug, um zu wissen, was sie auf ihre Frage hören will. Es ist mir schon oft begegnet, daß ich mich in einen Menschen verliebe, und weiß doch mit dem Kopf, er werde mich unglücklich machen, und kann doch nicht von ihm lassen.

Und Luise nickt mit dem Kopf, weil sie natürlich an ihren

Freund denkt, und für einen Augenblick fühle ich mich, als wären wir miteinander gegen Lisa verbündet.

Später, als Luise gegangen ist, sagt Lisa: Wenn mich jemand, den ich liebe, unglücklich macht, sind das doch auch Gefühle. Die Gefühle streiten sich untereinander, und nicht: die Gefühle mit dem Verstand.

Wir sind im Wohnzimmer; ich, mit den Knien am Boden, versuche einen Fleck auszureiben, der entstanden sein muß, als Luise mit dem Feuer gespielt hat. Es ist eine Brandstelle im Parkett, nichts zu machen.

Lisas Stimme klingt ruhig, als habe sie das, was sie jetzt sagt, schon immer gewußt.

Luise hat dann angefangen, uns ihrerseits um Rat zu fragen. Soll sie Weihnachten in dieser Situation allein verbringen? Soll sie zu Freunden fahren? Aber zu welchen?

Ich ärgere mich jetzt, weil Luise alle Antworten, die sie gefordert hat, ablehnt, indem sie neue Gesichtspunkte ins Spiel bringt. Es ist ein Spiel, sage ich, das nur Luise gewinnen kann, und ich sage wieder, daß sie in Wirklichkeit grausam ist, eine grausame Frau, und ich kann mir vorstellen, wie ihr Freund, dem sie lange mit einer Trennung gedroht hat oder mit einer der vielen Dreiecksgeschichten, die Luise fortwährend erfindet, endlich das Weite gesucht hat.

Sei still, sagt Lisa, ich glaube ja auch, daß es ein Fehler gewesen ist, sie heute abend einzuladen.

Sie steht da und spielt mit einer Blume, die an Luises Geschenk festgemacht war. Das Geschenk ist eine Photographie, die Luise auf der Reise aufgenommen hat: ich sitze an einem See, den Kopf in die Hände gestützt. Die Wellen auf dem See haben mein Spiegelbild auseinandergerissen.

Das Geschenk für mich hat dieselbe Form; wahrscheinlich ein Photo von Lisa, denke ich mir, ohne es auszupacken. Lisa, während ich weiter am Boden reibe, steckt mir die Blume ins Haar.

Als ich wieder anfange, von Luise zu reden, ruft Lisa, daß

ich jetzt damit aufhören soll. Und dann, leise geworden mit der Stimme: Was sagst du, wenn du über mich redest?

Aber ich habe niemand, um über dich zu reden, sage ich.

Eine andere Sprache: Kringel, die ich in einen Brief male, sind Küsse für Lisa, das Wort Pinsch, gesprochen, wenn sich Nase und Nase berühren, heißt: Ich liebe dich, mir geht es gut, ich habe Freude.

Ich denke, daß man in diese Sprache nicht willkürlich fallen kann, und an diesem Abend scheitern unsere Versuche. Ich habe das Gefühl, daß mich Lisa, wenn sie die Haut an meinem Körper berührt, nur massiert. Wenn ich ihr Gesicht an meinem Gesicht sehe, habe ich den Verdacht, daß sie sich mehr über mich geärgert hat, als sie sagen will. Es ist eine Spannung in ihrem Gesicht, die auch am nächsten Morgen noch da ist, als wir über Krändels Einladung reden.

Ich möchte, daß Lisa mitkommt.

Sie sagt: Ich finde es besser, wenn ihr euch heute allein trefft. Sie hat sich in ihrem Bett aufgesetzt, und ich sehe, daß sie jetzt nackt schläft und habe eine gewisse Sehnsucht nach ihrem Körper. Statt dessen bleibe ich an der Tür stehen und warte darauf, daß sie mir eine freundliche Antwort gibt. Es ist ein Gesicht mit kleinen Augen, die auch müde sein könnten, in dem einige scharfe Linien stehen. Risse des Alters, denke ich. Die Linien sind nicht sehr groß. Eigentlich ist es mehr eine kleine Reihe von Falten, die bei den Augen verlaufen, aber man sieht, daß die Muskeln angespannt sind, wahrscheinlich auf dem ganzen Kopf und bis tief in den Rücken hinein. Und außerdem, sagt sie, als sie sieht, daß ich noch nicht nachlassen will, möchte ich endlich einmal ein Buch lesen.

Seit sie im Büro ist, klagt Lisa, kommt sie kaum noch dazu, ein Buch zu lesen.

Mir fällt ihr Traum vom Büro ein, und weil ich sie immer noch in ein Gespräch ziehen möchte, frage ich danach, und sie erzählt jetzt, daß in ihre Abteilung ein neuer Kollege gekommen ist, der ihr mit seinem übertriebenen Eifer Angst einjagt. In Lisas Beruf gibt es keine Überstunden. Aber sie hat eine gleitende Arbeitszeit, und man kann Stunden, die man über das Soll gearbeitet hat, später freinehmen. Im letzten Monat hat der Kollege, erzählt Lisa, einfach vierzehn Stunden verfallen lassen.

Lisa lacht. Sie ist meistens froh, wenn sie ohne Stundendefizit in den nächsten Monat geht.

Dann wird sie ernst. Sie sagt: Ich habe das Gefühl, daß ich arbeiten müßte wie er, wenn ich nicht die nächsten dreißig Jahre dasselbe machen will. Und dieser Gedanke wäre nicht auszuhalten.

Manchmal möchte sie einfach davonlaufen.

Ich möchte jetzt Lisa eine gute Antwort geben, aber es gibt nichts Gutes, was mir einfällt. Und sie bricht unser Gespräch ab, indem sie mich daran erinnert, daß ich zu spät kommen werde.

Genausogut könnte sie sagen: Laß mich in Ruhe, und wahrscheinlich sagt das ihr ganzes Gesicht. Als ich endlich gehe, hat sie neben dem Bett eine Illustrierte herausgezogen, in die sie sich augenblicklich vertieft.

Wahrscheinlich, denke ich auf der Treppe, ist sie mir böse. Der Grund scheint nicht fernzuliegen: sie kommt sich so vor, als müßte sie hier für die Erfüllung meiner Pläne arbeiten. Ich weiß noch, wie ich ihr geschrieben habe, und sie mir zusagte. Hatte sie eine andere Wahl? Ich habe geschrieben, daß ich sonst etwas tun würde, was ihr sinnlos erschien; Müllfahren usw. Das ist übrigens eine Idee, die meinem Vater kam, wenn ich zu schlechte Noten heimbrachte aus der Schule (sie waren immer zu schlecht), und diese Idee, aus geringstem Anlaß die eigenen Voraussetzungen zu zerstören, beschäftigt mich jetzt. Und es scheint mir plötzlich bedeutsam, wie gern er davon erzählt hat, daß ihn seine Großmutter – weil seine Mutter früh starb, ist er bei seiner Großmutter aufgewachsen – bei geringsten Anlässen grausam zu schlagen pflegte.

Auch Krändel sagt, daß ich einfach etwas fortwerfen würde. Er möchte mich in eins seiner Forschungsprojekte hineinziehen.

IV

Während wir reden, höre ich aus der Küche Krändels Kind singen. Sie haben eine fünfjährige Tochter; etwas, das ich natürlich weiß, aber nur dann als Wirklichkeit hinnehme, wenn sie gewissermaßen vor mir steht. Ich kann es mir einfach nicht vorstellen, daß jemand wie Krändel, der sogar noch etwas jünger ist als ich, eine Tochter haben soll und verheiratet ist. Ich glaube, daß ich Krändel um dieses Kind beneide; es erscheint mir dann wie eine Versicherung gegen die Angst vor dem Tod, die mich manchmal befällt. Ich, denke ich dann, könnte mir keine Kinder leisten. Solange Krändel mein Freund war, habe ich mir diese Gefühle nie eingestanden; es lassen sich auch leicht Gründe dafür finden, daß sie kindisch und unvernünftig sind. Soll ich etwa Krändel darum beneiden, daß er mit seiner Frau zusammen den oberen Stock eines Hauses bewohnt, das in einem schönen Garten liegt? Das Haus gehört seinen Eltern.

Einmal, als wir reden, steht plötzlich seine Mutter in der Wohnung; sie ist eine energische Frau mit einer gebogenen, scharfen Nase, von der bei Krändel nichts zu bemerken ist. Sie ruft: Wir kennen uns ja auch, und ich merke, daß sie sich nicht an meinen Namen erinnern kann. Ich bin froh, wenn sie wieder gegangen ist.

Krändels Vater, der schon weit über siebzig ist, ist an der Universität gewesen. Und trotz aller Gründe, die ich dagegen finden kann, gestehe ich mir ein, daß ich tief in meinem Herzen Krändel beneidet habe, um die Möglichkeiten, die ihm damit selbstverständlich zur Verfügung stehen. Ich meine die Sprache, mit der Krändel aufgewachsen ist, oder das Selbstvertrauen, das er in seine Fähigkeiten hat, wenn er Pläne macht, oder auch die Großzügigkeit, die er gegen sich selbst an den Tag legt. Ich habe nie gelernt, anders als kleinlich zu mir selber zu sein. Einmal zum Beispiel, ohne daß es unbedingt nötig gewesen wäre, habe ich ein halbes Jahr Leitungswasser getrunken, um Geld zu sparen.

Als er sieht, daß ich alle seine Angebote ausschlagen will, fragt Krändel: Also, was hast du vor?

Ich sage: Ich möchte jetzt über etwas so schreiben, daß man es sich wie eine eigene Erfahrung aneignen kann.

In Krändels Zimmer, das nach hinten auf den Garten hinausgeht, stapeln sich die Bücher, die er gerade benützt, auf den Tischen und auf dem Boden. Wir sind zum Fenster geklettert und ich betrachte, von Krändel angeführt, den Garten, in dem das Schwimmbecken abgedeckt ist. Eine eiserne Wendeltreppe, die zum Balkon heraufführt, gibt Krändel und seiner Frau einen eigenen Eingang. Sie haben ein Gartenhaus, in dem sie ihre Gäste übernachten lassen, und ich weiß nicht, was mir den Gedanken eingibt, daß ich hier vielleicht bald ein Gast sein werde. Das Haus ist aus grün gestrichenem Holz, an dem Spalierobst hinaufwächst. Krändel zeigt auf ein Buch, an dem er gerade arbeitet. Es ist die Zurückführung des Wahrscheinlichkeitsbegriffs auf rekursive Funktionen.

Möchtest du dich nicht erklären? Ich kann dich nicht ganz verstehen, sagt Krändel.

Ich sage: Jemand erzählt dir etwas, wo er persönlich dabeigewesen ist. Das ist doch etwas ganz anderes. Es bekommt einen anderen Platz in deinem Leben.

Darauf Krändel: Ich erinnere mich, daß ich einmal auf einer Bahnfahrt einem Exilrussen begegnet bin, der sich nicht davon abbringen ließ, mir sein ganzes Leben zu erzählen. Ich sage dir, die Erfahrungen, die der brachte, hättest du leicht in einem Illustriertenroman über die russische Revolution nachlesen können.

Er beginnt zu lachen.

Ich schweige.

Würde Krändel auch über meine Erfahrungen lachen?

Aber die Erfahrungen meines Vaters können nicht meine Erfahrungen sein, weil er sie mir nie mitgeteilt hat. Wir haben uns auseinandergelebt, als ich fünfzehn wurde und er mir nicht mehr die Geschichten erzählen durfte, die er für mich erfand. Meine Mutter hatte es ihm verboten, denn ich würde jetzt zu groß dafür. Danach wußte er nicht mehr richtig, was er mit mir reden sollte. Er weigerte sich, auf Fragen einzugehen, indem er sie mißverstand. Wenn er noch etwas erzählte, verlangte er, daß darüber gelacht werden sollte.

Er erzählte etwas, das er selbst erlebt hatte, und doch habe ich das Gefühl, daß es keine Erfahrungen waren. Aber warum waren es keine Erfahrungen?

Ich glaube, für mich waren es keine Erfahrungen, weil sie tot waren. Ja, das ist es: sie waren fertig, und es gab keinen Gesichtspunkt, unter dem sie sich noch einmal hätten verändern können.

Wenn er erzählte, wie er einen wilden Hund gebändigt hatte oder einen Hund für den Kommandanten des Lagers stahl, wo er nach seiner gelungenen Flucht aus Spanien inhaftiert worden war, gab es keine Frage mehr, die ich zu seiner Schilderung hätte stellen können.

Ich hätte natürlich etwas fragen können wie: Hast du nicht vor dem Hund Angst gehabt, als er auf dich losging? Aber er hätte eine Frage, so klar sie auch immer gestellt war, nicht verstanden.

Ich weiß nicht, wie ich das genau beschreiben soll. Es war nicht so, daß er einfach über meine Frage hinwegging und etwas anderes erzählte. Er ließ sie sich vielleicht sogar wiederholen. Aber er verstand sie nicht, das war es; und er verdrehte die Wörter, die ich ihm noch einmal gesagt hatte, und lachte über den Satz, den er damit zustandebrachte, und machte sich lustig über mich. So war er vor meiner Teilnahme sicher.

Ich habe ihn nie etwas gefragt, was außerhalb dieser kleinen Anekdoten stand, die ich schließlich schon oft gehört hatte. Er schlug sich in Spanien durch, indem er Schnürsenkel und Krawatten verkaufte. Oder: einmal hatte er auf einem Feld eine Melone gestohlen, weil er gar nichts mehr hatte. Man ließ ihn aber laufen, weil Mundraub erlaubt war, und er erzählte diese Geschichte meistens, um zu zeigen, daß Mundraub erlaubt ist; die andere erzählte er etwa, wenn er meinte, daß ich zuviel Geld für eine Krawatte ausgab. Er erzählte nichts weiter. Nichts darüber, wie er in diese Lage gekommen war. Und wie kam er später dazu, in einem spanischen Dorf Deutsch zu unterrichten?

Es gibt keinen Raum, in dem sich seine Erzählungen zu einer Erfahrung ansammeln lassen.

Ja, wenn ich mich genau erinnere, weiß ich es nicht von ihm, sondern durch andere, daß er in Spanien gekämpft hat, und ich habe ihm nie die Frage gestellt, ob er einmal einen Menschen hat töten müssen. Und was hast du dabei für ein Gefühl gehabt? Ich hätte einfach Angst, in einen Krieg zu ziehen, weil ich Angst davor habe, darin umzukommen.

Ich habe nicht daran gedacht, meine Gedanken zu äußern, und sehe, daß Krändel von meinem langen Schweigen beunruhigt ist. Ich denke wenigstens, er ist wegen meines Schweigens beunruhigt, weil er anfängt, in einem seiner Bücherstapel umherzukramen.

Jetzt fragt er mich, ob er mir ein Stück Kuchen anbieten soll, und ich sage ja.

Sie haben viel Kuchen, wahrscheinlich von Krändels Mutter; Krändel überreicht mir ein ganzes Tablett mit einer Verbeugung. Vieles, was Krändel tut, tut er, als wolle er seine eigenen Absichten parodieren und sich über den anderen lustig machen. In diesen Momenten wird auch seine Sprache übertrieben, und er ergeht sich in Höflichkeiten, die aus einer anderen Zeit zu stammen scheinen.

Er macht mich unsicher, ob ich den Kuchen nehmen soll. Ich nehme ein Stück von dem Stollen, der nach Butter schmeckt und schwer in meinem Mund liegt, und wir setzen uns wieder, beide mit einer gewissen Erleichterung.

Ich fange an, von dem Philosophen Leonard Nelson zu reden.

Als ich zurückkam, habe ich gegenüber von meinem Schreibtisch ein Bild von Nelson aufgehängt, wie ich es manchmal tue, wenn ich glaube, daß ich mit einer bestimmten Photographie die Gedanken zu einer Arbeit herbeizwingen kann. Wenn ich vom Schreibtisch aufsehe, starre ich also in das Gesicht des Philosophen, ein hageres Gesicht, das doch ungeheuer schwer wirkt, mit tiefen Falten und einer großen Nase, die mir in meinen Erinnerungen und Tagträumen meistens noch größer und unproportionierter erscheint, als sie tatsächlich ist. Und ich denke, daß die Falten von seiner Schlaflosigkeit gegraben wurden. Ich sympathisiere mit dieser Schlaflosigkeit. Aber eigentlich suche ich in diesem Gesicht etwas anderes. Ich suche nach einer Gemeinsamkeit zwischen dem Philosophen und meinem Vater.

Mein Vater hat mir erzählt, wie er Nelson kennengelernt hat. Es ist bei der Erwachsenenbildung passiert. Ich glaube, daß Nelson davon überzeugt war, daß die Erwachsenenbildung wichtiger war als seine Arbeit an der Universität, denn es gehörte ja zu dem System, das er verwirklichen wollte: er glaubte daran, daß man, wenn man es nur richtig gelernt habe, erkennen könne, was gerecht ist.

Ich höre, wie ich Krändel von dieser Suche nach Gerechtigkeit erzähle. Nelson nahm keine Rücksicht auf die soziologische Vorstellung, daß auch die Gerechtigkeit ein wandelbarer Begriff ist. Man konnte es immer herausfinden, was die Gerechtigkeit war.

Es sind meistens Lehrer gewesen, die zu seinen Kursen kamen. Eines Tages stellte ihnen Nelson die Aufgabe, in eine Karte von Deutschland die wichtigsten Flüsse und Städte einzuzeichnen, und der einzige, der diese Aufgabe fehlerlos löste, war mein Vater. Er hing an diesem Wissen, das man sich selber aneignen konnte, und er hatte sich alles, was über die bloße Volksschulbildung hinausging, selber aneignen müssen. Aber das ist vielleicht eine andere Geschichte.

Ich kann mir vorstellen, daß Nelson von meinem Vater begeistert war: der Arbeiter, auf den er vielleicht gewartet hatte; um diese Zeit steckte mein Vater in einem Walzwerk.

Wir reden über Nelsons Philosophie, ohne daß ich auf meinen Vater zurückkomme. Das heißt, ich rede von Nelson und dem Internationalen Sozialistischen Kampfbund, den er schließlich gegründet hat, um seine Auffassung von der Gerechtigkeit praktisch durchzusetzen.

Krändel sagt nichts, als ob er auf etwas anderes warten würde. Einmal kommt seine Tochter herein und bringt uns den Tee, den Krändel aus der Küche zum Kuchen bestellt hat. Sie nimmt dann auf Krändels Knie Platz, und obwohl sie das Gespräch überhaupt nicht stört – sie sieht mich ernsthaft an, als würde sie nicht nur verstehen, was ich sage, sondern auch warum ich es sage, was ich mir dabei denke – wird sie von Krändel nach kurzer Zeit wieder hinausgeschickt. Wieder verliert er sich dabei in Schnörkeln und läßt mich dabei an Geschichten denken, von denen ich weiß, daß Krändel sie liebt: verschachtelt und symbolisch, Geschichten, die niemals zu einer Wirklichkeit finden.

Aber was will Krändel mir sagen? Warum fängt er nicht einfach an zu reden und bringt mich von meiner Spur ab, wie wir es früher gehalten haben? Ich erinnere mich genau, unsere Gespräche waren sehr lebhaft, sie waren so, daß ich mich an ihnen berauschte. Wir konnten Hunderte von Ideen finden. Weißt du noch, Krändel, die eine Nacht, in der wir auf etwa fünfzig Seiten ein formales System entwickelten, das sich – nur theoretisch – mit Bewußtsein verhalten sollte?

Ich erinnere mich an unsere Gespräche und sehe sie jetzt als Monologe, die sich manchmal in großer Entfernung abspielten. Es war wie ein Spiel, das man miteinander spielt, wenn man sich nicht berühren darf.

Diesmal ist es Krändel, der schweigt. Er ist aufgestanden und zu dem alten Sekretär gegangen, der in seinem Zimmer fast eine ganze Wand einnimmt, und hat eine Bewegung gemacht, als ob er ihn aufklappen wollte. Krändel hat plumpe Hände. Ich denke, daß wir uns eigentlich näher sind, wenn wir schweigen. Ich denke immer sehr viel, während nichts geschieht. Und Krändel steht da, das Gesicht von mir abgewendet. Ich denke: Vielleicht wird ihm ein Buch einfallen, und er wird es herausziehen, um es mir zu zeigen. Er klammert sich an den Schlüssel, der in der Lade des Sekretärs steckt.

Es wird dann doch ein persönliches Gespräch, aber anders, als ich es erwartet hatte. Ich denke: Man kann persönliche Dinge auch vorschieben, um andere zu verdecken.

Ich habe Krändel gefragt, was er eigentlich sagen wollte, während ich ihn mit meinem Vortrag nerve – ich sage *nerve* und lache dabei, ich lache über Nelson und meine Bemühungen – und Krändel fragt jetzt im Gegenzug, wie es mir eigentlich mit Lisa geht.

Ich sage, daß ich meine Zweifel habe.

Und Krändel, zudringlich neugierig, wie ich ihn sonst gar nicht kenne: Wie meinst du das?

Ich sage: Ich fühle mich, als ob ich fortgehen möchte; und fühle mich seltsam, daß ich auf einmal Krändel Gedanken erzähle, die ich bisher vor mir selber geheimgehalten habe. Mir fällt auch ein, daß Lisa fast jeden Abend mit irgendwelchen Veranstaltungen ausgefüllt hat, die, so wichtig sie auch für Lisa selber sein mögen, verhindern werden, daß wir zueinander zurückfinden können.

Ich bin lange fort gewesen und habe es gelernt, allein zu sein, sage ich.

Es ist ein trotziger Versuch, gewissermaßen um zu sehen, was Krändel mir im Gegenzug bietet.

Aber das Gespräch bleibt bei Lisa. Wir sitzen uns wieder an Krändels kleinem Tisch gegenüber und essen viel von dem Kuchen, und Krändel erzählt etwas, das ich allerdings nicht gewußt habe: Lisa, damit ich immer in unsere Wohnung zurückkehren kann, hat, falls ihr etwas zustoßen sollte, eine Versicherung abgeschlossen, die an mich ausbezahlt würde.

Vielleicht ist er mit diesem Beispiel auch später gekommen; jedenfalls spricht er von Lisas Liebe zu mir: nie, sagt Krändel, habe ich jemand gesehen, der so viele Anstrengungen unternommen hat, daß er mit einem anderen auskommen kann.

Es klingt so, daß ich mir einbilden könnte, daß mich Krändel um Lisa beneidet.

Und Krändel, als ob er mehr bei Lisa vermöchte als ich, bietet sich an, zwischen Lisa und mir zu vermitteln.

Sie nimmt sich manchmal, sagt er, aus lauter gutem Willen zuviel vor.

Und das stimmt: ich weiß ja, was für hohe Ansprüche Lisa an Lisa stellt, während sie vor sich selber und anderen gegenüber bescheiden tut.

Sie wird es einsehen, daß sie dich darüber vernachlässigt. Es ist das Gegenteil von dem, was sie wirklich erreichen will, sagt Krändel. Wenn du willst, werde ich mit ihr reden.

V

Als ich gehe, steht sie im Garten. Sie ruft mir nach, und ich sehe, daß sie hinter der eisernen Wendeltreppe an die Hauswand gelehnt ist. Ich wundere mich, daß sie nicht friert. Die Luft ist kälter geworden. Ich entschuldige mich, daß ich sie nicht gleich gesehen habe. Eine weiße Atemwolke hängt deutlich vor ihrem Mund. Sie sagt: Sie sprechen immer noch so langsam wie früher.

Sie spricht sehr langsam. Wahrscheinlich will sie mich parodieren. Die Haare, die ihr tief in die Stirn fallen, lassen keinen besonderen Gesichtsausdruck erkennen. Der Mund ist ruhig und gerade. In diesem Augenblick ruft das Kind etwas von oben, und ich verlasse das Grundstück, ohne daß ich etwas erwidert hätte.

Später scheint mir, daß eine Antwort sehr wichtig gewesen wäre: das Gefühl, die Feindseligkeit hätte sich nicht gegen mich gerichtet.

Keine Aufklärung.

Ich spreche langsam oder ich kann an Stellen, die mir wichtig scheinen, nicht das richtige Wort herausbringen.

Mein Vater spricht schnell. Wenn wir zu Hause Besuch haben, kann man sicher sein, daß der Besuch für ihn ist. Er ist mit vielen Leuten bekannt, und alle sind alte Freunde und lassen sich von ihm duzen, was meine Mutter unangenehm berührt. Sie liebt es, ihm Taktlosigkeit vorzuwerfen. Eines Tages, meint sie, würden sich die Leute von ihm zurückziehen. Aber die Leute ziehen sich nicht zurück, im Gegenteil: auch die Besucher meiner Mutter unterhalten sich offenbar lieber mit ihm, während meine Mutter und ich uns langweilen. Wir wissen nichts zu sagen und warten darauf, daß die Besucher gegangen sind.

Später sind wirklich weniger Besucher gekommen. Meine

Mutter, die krank ist, sagt, daß sie ihr zuviel Arbeit machen. Sie ziehen ihre Schuhe nicht aus, bringen Geschenke, mit denen meine Mutter nichts anfangen kann, weil wir nur eine kleine Wohnung haben, und tragen den Schmutz der Straße auf unsere Teppiche.

Eine andere Sprache: beim Versuch, etwas am Wohnzimmer zu verändern, um mich zu überraschen, wie sie sagt, ist Lisa eine Vase heruntergefallen. Ich höre mich schreien und denke, daß es ein häßlicher Schrei ist. Ich denke, daß man an Gegenständen nicht so hängen dürfte. Als Lisa weint, sage ich ihr, daß es doch keinen Grund gibt zu weinen.

Die Vase hat blau geschimmert wie ein Metall. Jetzt, als der Hals abgesprungen ist, dessen Kopf mich immer an einen Kranich erinnert hat, sehe ich, daß sie aus einem weißen, fast sandigen Material ist. Die Farbe springt leicht, und ich kann die abgesprungenen Stücke zwischen den Fingern zerreiben. Ich denke, daß es am besten ist, wenn ich die Vase zu den Abfällen in der Küche trage, um sie dann zu vergessen.

Lisa sagt: Nein, nicht die Vase. Sie sagt, daß sie versuchen will, die Vase zu kleben. Sie weint immer noch.

Es ist eine Vase, die ich einmal für mich gekauft habe. Früher, unfähig, eine Wohnung mit Möbeln einzurichten, oder auch nur das zu erhalten, was man ein ordentliches Zimmer nennt, habe ich zuweilen Gegenstände wie diese Vase gekauft: beinahe kostbar gegen die sonstige sparsame Einrichtung bleiben sie in dem trostlosen Durcheinander aus Büchern, Schreibsachen und Papier stehen wie Inseln, auf die man in seinen Gedanken fliehen kann. Lisa versuche ich davon zu überzeugen, daß es nur eine dumme alte Vase ist, doch sie kennt mich zu gut, um mir das zu glauben.

Sie beruhigt sich erst, als ich ihr die Fingerspitzen küsse, wie ich es in einem Film gesehen habe. Ich ziehe ihren Kopf an meinen Kopf. Wir liegen im Wohnzimmer und hören Musik, und sie hat ihren Kopf auf meiner Schulter. Ihr Gesicht wird erst schön, wenn es in dieser Nähe ist. Sie tut mir weh mit ihrem Kinn, aber ich sage nichts. Sie ist ruhig.

Montag: wir gehen zusammen durch das andere Land, das nicht Amerika ist.

Lisa zieht mich schon auf mit Amerika. Ich hielte es damit, sagt sie, wie meine Mutter mit der Schweiz.

In dem Amerika, das ich für uns erfinde, sind die Leute freundlicher, und sie gehen sogar anders über die Straße, während sie hier so gehen, als müßten sie alle Muskeln anspannen. In diesem Amerika gibt es fast nur Landschaften; die weiten Ebenen, in denen du nach den Häusern suchen mußt, die phantastischen Gebilde, die das Wasser in den rötlichen Sandstein von Bryce Canyon getrieben hat, die schroffen weißen und grauen Kegel von Mount Zion und von Yosemite, wo die Bäume natürlich größer und älter sind als bei uns, und schließlich, und vor allem, die klaren, eigentümlich leuchtenden Seen in den Bergen von Jasper und Banff.

Eines Tages werde ich alle meine Photos entwickeln lassen und dich überzeugen, rufe ich Lisa zu.

Wir lachen beide.

Es ist noch kälter geworden, und während wir gehen, friert sie an den Händen. Die Sonne, zum ersten Mal seit Tagen sichtbar geworden, hängt im grauen Himmel und an den Dachrändern wie eine Dekoration. Die Häuser stehen aufeinander, und manchmal werden sie nur von den eisernen Gittern kleiner Vorgärten daran gehindert, sich auf die Straße zu stürzen und uns zu begraben. Ich schweige, um sie nicht zu beunruhigen, und sie merkt es nicht. So gehen wir dicht an den Häuserwänden entlang, und manchmal bleibt sie vor einem Schaufenster stehen, besonders, wenn sie dabei Pläne über die Einrichtung der Wohnung machen kann. Die Pläne, die solange vernachlässigt worden sind. Ab und zu bricht aus den Reihen, die vor den Gehsteigen liegen, eines der Autos aus, ein süßlicher, unangenehmer Geruch; der Motor, einmal in Gang gesetzt, brüllt lange, ehe sie sich bewegen. Aber wir gehen weiter und erreichen schließlich den Englischen Garten dort, wo wir schon nahe am See sind. Ich habe den Eindruck eines Festes, wie es auf den winterlichen Landschaften von alten holländischen Bildern stattfindet. Leute in schweren Mänteln stehen Schwänen und Enten gegenüber, um sie zu füttern. Auf dem schwarzen Wasser des Sees hat sich eine dünne Eisschicht gebildet. Wenn man näherkommt, sind die Gesichter der Leute häßlich oder von einem unerklärlichen Rot. Einmal schreit ein Kind und läßt sich nicht beruhigen. Der Mann schlägt das Kind; Lisa zuckt zusammen. Die Frau macht sich am Kinderwagen zu schaffen. Ich nehme Lisa am Arm und ziehe sie weiter, quer über die bereiften Wiesen in Richtung auf den chinesischen Turm zu. Unter den Leuten, die über den Rasen auf uns zukommen, sind viele Frauen. Ich zeige auf eine, die ihre Hände in den Taschen eines langen Schals vergraben hat, weil sie blond ist und vielleicht Edith ähnlich sieht, und Lisa ergreift rasch meine Hand, um sie zu verstecken. Sie hat Angst, daß ich damit auffalle. Die Vögel, die über den Himmel ziehen, sind Möwen; sie erinnern mich an das Meer und den Winter, und ich erzähle Lisa von der Einsamkeit langer Strände von Kalifornien, Oregon und Vancouver Island. Aber Lisa hört das Kind immer noch, und ihr rechtes Auge, das von einer Operation etwas verändert ist, daß sie es nicht mehr schließen kann, zuckt.

Ich habe eine Idee: Ich würde dir gern einen Muff schenken, sage ich. Ja, das werde ich machen: ich werde Geld von der Bank abheben und dir einen Muff schenken, solange ich noch dazu in der Lage bin.

Das macht sie etwas unwillig, aber schließlich lacht sie.

Ich möchte lieber die Hände in deine Manteltaschen stekken, sagt sie. Ich sage: Es wird schwierig sein, so zu gehen, aber wir können es ja versuchen.

Und sie steckt die Hände in meine Manteltaschen, und wir gehen eine Weile seitwärts, schweigend, zueinander gedreht. Ich denke an die verrückten Geschenke, die ich ihr früher gemacht habe, als wir beide kein Geld hatten, aber ich immer noch etwas mehr als sie, und sie denkt wahrscheinlich immer noch an das Kind.

Einmal habe ich ihr eine ganze Tennisausrüstung geschenkt, weil ich mir in den Kopf gesetzt hatte, daß wir Tennis spielen sollten, aber daraus ist nichts geworden. Ihr Mund ist leicht geöffnet. Ich versuche ihn zu küssen. Jetzt nicht, sagt sie. Aber sie ist ganz sanft. Du bist immer noch traurig, sage ich. Das Gras knirscht unter unseren kalten Füßen.

Immer, sage ich, bist du auf eine seltsame Art anwesend, die ich fast beängstigend finde: während ich zum Beispiel über einen Film rede und vielleicht die Technik bewundere, um ihn von mir abzuschütteln, bleibst du einfach erschüttert, und du sagst kein einziges Wort.

Auch jetzt redet sie nicht. Wir gehen wieder wie andere Leute, aber sie hat sich fest bei mir eingehängt.

Und ich fahre fort, daß die Wirklichkeit fast noch schlimmer ist als ein Film. Dann tue ich immer so, sage ich, als passiere das einem ganz anderen.

Der chinesische Turm, den man schon seit Jahren nicht mehr besteigen kann, wirkt ohne den Bierausschank noch befremdlicher als sonst. Ich rüttle an dem Gitter, das mir bekannt vorkommt, und Lisa nimmt wieder meine Hand. Sie bleibt lieber vor dem Karussell stehen, das mir wie vermummt vorkommt, und erinnert sich an die bemalten Pferde. Die Kälte treibt uns weiter, über den Hügel mit dem runden Pavillon, zwischen dessen Säulen es immer noch nach Urin stinkt, auf das Haus der Kunst zu.

Im Sommer müssen wir wieder rudern, sage ich. Beim Anblick des Münchner Profils vom Monopteros aus habe ich mich plötzlich entschlossen, die Stadt zu besichtigen, als würde mir alles weniger fremd sein, würde ich nur die Gebäude, die in einiger Ferne wie durch einen Rauch erscheinen, so nah wie nur möglich betrachten. In solchen Augenblicken kommt plötzlich wieder etwas wie ein Stück Mut in mein Leben, und ich fordere Lisa auf, daß sie endlich von ihrem Brief spricht, wie es versprochen war. Und weil wir den Spaziergang fast beendet haben und hinter dem Haus der Kunst stehen, dort, wo sich auf einer künstlichen Insel das japanische Teehaus befindet, kehren wir noch einmal um und laufen über den knirschenden Rasen zurück; wenigstens bis zur Universität, sage ich. Über das flache Gelände springt ein großer Hund, wahrscheinlich eine Dogge, auf uns zu, der sich nicht abschütteln läßt. Der Besitzer, dessen Pfiffe von irgendwoher ertönen, bleibt unsichtbar. Lisa hat keine Angst vor Hunden.

Du mußt es mir sagen, sage ich, während sie anfängt, mit dem Hund zu spielen: Ich sage es auch niemandem weiter. Manchmal versuche ich, lustig zu sein, damit die Gespräche noch weitergehen. Manchmal, wenn ich nicht überzeugt bin, daß wir uns alles sagen können. Ich weiß, daß Lisa nur mit dem Hund spielt, um ihn von mir abzulenken. Auch Lisa liebt Hunde nicht, aber seltsamerweise bleiben ihre Bewegungen dem Hund gegenüber glatt und geschmeidig wie die Bewegungen einer Tänzerin, die sich an keiner Stelle unsicher ist. Der Hund keucht, und sein Atem bleibt in Flocken um seinen Kopf hängen. Ich bin sicher, daß der Besitzer, der sich jetzt langsam auf dem Weg auf der anderen Seite des Baches nähert, unser Gespräch unterbrechen würde.

Wir haben uns lange mit unserer Liebe gequält, weil Lisa, nachdem sie entdeckt hatte, daß sie die Pille nicht vertrug, kein anderes Mittel fand, das ihre Angst davor, ein Kind zu bekommen, hätte beruhigen können. Lisas Brief zufolge stand aber diese Angst nur für etwas anderes.

Was dieses andere ist, über das sie mir nicht schreiben kann, frage ich Lisa jetzt.

Statt einer Antwort beginnt sie, den Hund zu streicheln, der aus dem Maul tropft und mit dem Schwanz wedelt. Der Besitzer, jetzt ganz in der Nähe, sieht uns über den Bach hinweg an. Ein dicker, bärtiger Mann, in dessen Gesicht eine Brille aufblitzt. Er ruft etwas, wahrscheinlich den Namen des Hundes. Aber Lisas Hände scheinen den Hund, dessen Fell sie jetzt klopft, festzuhalten. Und dann, als der Hund sich hechelnd aufmacht und ich ihn in den Bach springen höre, sagt sie: Ich kann nichts erleben.

Weitergehen, ohne sie zu trösten. Etwas Falsches gesagt. Ich sage, daß es nichts Furchtbares ist. Ich meine, sage ich, was du mir nicht sagen kannst. Und ich erinnere sie daran, daß ich schon einmal den Verdacht geäußert habe. Ich benehme mich, als hätte ich es schon immer gewußt. Die Zeit, in der ich versucht habe, Lisa zu interpretieren, ist ja sehr lang gewesen, und alle Gedanken, die möglich waren, sind wenigstens gedacht worden.

Ich meinerseits erkläre, daß ich Geduld haben will. Wir sind an dem Platz der Universität mit seinen zwei Brunnen, die mich immer an riesige Obstschalen erinnern. Die Inschriften auf den Gebäuden sind verwischt, mindestens unleserlich gemacht worden. Ach was, sagt Lisa, Geduld. Und sie erklärt, daß sie ja immer in der Gefahr leben würde, mich zu verlassen, falls sich das nicht verändert. Wir überqueren die große Fläche der Leopoldstraße, die ungewöhnlich leer ist. Nur aus Richtung der Feldherrnhalle jagen zwei Autos mit überhöhter Geschwindigkeit heran. Ich sage: In Gefahr leben, wie verstehst du das genau?

Und sie: Immer, wenn ich einen Mann kennenlerne, der mir gefällt. Stockt, und dann: Ich würde die Hoffnung nicht aufgeben.

Ich denke an die Männer, die sie vor mir gekannt hat, ohne daß es ihr besser gegangen wäre, aber ich sage nichts. An der Ecke zur Schellingstraße haben wir beschlossen, auf den Bus zu warten; müde, als hätten wir einen langen Weg gemacht. Sie sagt, daß sie auch müde ist. Der Bus kommt aber nicht, und die Kälte scheint noch größer zu werden. Sie hat sich in meinen Ohren festgesetzt. Es ist wie ein Dröhnen. Schließlich gehen wir weiter, und ich sage, daß die Busse an diesen Tagen zu selten kommen. Dann erzählt sie von den Männern, mit denen sie zusammengewesen ist, während ich abwesend war. In diesem Augenblick höre ich mich lachen. Es ist ein bekanntes Gelächter. Es klingt wie das Lachen meiner Mutter. So lacht sie, wenn sie erkennen muß, daß eine ihrer bitteren Anklagen unrecht gewesen ist. Nein, so lache ich nicht, ich lache nicht so beschwingt wie meine Mutter. Es ist mein Lachen, das bitter ist. Ich lache über mich selbst, sage ich zu Lisa, der es vorkommt, als würde ich mich über sie lustig machen. Ich bin nicht gefühllos, sage ich.

Schweigen. Wir gehen immer noch nebeneinander, im selben Takt. Wir gehen an den Läden vorbei, wo ich die meisten meiner Bücher gekauft habe: der Laden der englischen Bücher, der früher immer eng war und planlos wie ein Antiquariat, das ganze Nachlässe aufkauft, hat jetzt die Straßenseite gewechselt. Gewaltige Scheiben, in denen man vor den Büchern sein eigenes Spiegelbild sieht. Mein Bild zeigt einen Fremden, der sich mit der Hand ins Gesicht fährt. Ich fahre mir mit der Hand ins Gesicht und erinnere mich, daß ich mich seit zwei Tagen nicht rasiert habe. Lisa sagt, daß sie mit ihnen geschmust hat. Schmusen, ein furchtbares Wort. Versuche, die Nägel der Finger in mein Gesicht zu graben und wehzutun. Dann weitergehen, beherrscht, an einer Ampel warten. Es ist noch nicht grün, sage ich.

Was meinst du damit? frage ich. Ich frage sie mehrere Male. Sie soll es zugeben, daß sie mit ihnen geschlafen hat. Ich werde mir doch nichts holen wollen, sage ich. Es ist die erste Anspielung auf die alte Geschichte. Lisa schüttelt den Kopf. Sie will mir die Hand auf die Schulter legen. Ich aber habe mich abgewendet. Du hast mit ihnen geschlafen! rufe ich. Lisa, die hinter mir herläuft, sagt: Nein, bleib doch stehen. Nein.

Endlich kommen wir in der Wohnung an, von der ich am liebsten gleich wieder fortgehen möchte.

Warum nicht? frage ich sie.

Lisa hat ihre Grundsätze. Sie wird sich, sagt sie, so nur mit einem Mann einlassen, den sie, falls ein Kind kommen würde, auch heiraten könnte. Und mich, mich würdest du also heiraten? frage ich sie. Lisa nickt. Wahrscheinlich, schränkt sie sich später ein. Es könnte die Stelle für eine Versöhnung sein. Sie steht am Fenster ihres Zimmers und sieht auf den Hof hinaus, ein Blick, den ich schon oft – wie oft? – beschrieben habe. Ohne die Stimmen der Kinder, die im Sommer oft in dem Teil des Hofes spielen, der zu dem Haus mit dem Kindergarten gehört, ist alles noch trostloser. Ich könnte Lisa in die Arme nehmen. Ich sollte sagen, daß es gut ist, wieviel wir jetzt miteinander gesprochen haben. Aber kennt Lisa jemand, der das fertigbringen würde in dieser Situation? Lisa sagt, daß sie niemand kennt. Und doch bin ich nicht zufrieden. Statt Lisa zu umarmen, weiche ich ihren Händen aus. Und Lisa gibt sich vielleicht keine besondere Mühe, weil sie das Sprechen allein schon zuviel Kraft gekostet hat. Manchmal will sie einfach nur daliegen und sich behandeln lassen. So kommt es schließlich zum Streit.

Noch spreche ich von dem neuen Anfang. Wie stellst du dir vor, daß es weitergehen soll, wenn du fast jeden Abend weg bist? frage ich sie.

Sie hat ein Buch gekauft mit Übungen, die wir zusammen machen könnten. Eine Übung: Niemand mag mich, sage ich, wie ich es früher oft gesagt habe, und Lisa ruft: Bin ich niemand? Sie schlägt mit der Hand auf den Tisch. Es ist eine Übung, die ich mir ausdenke. Ich erinnere mich an viele solcher Übungen, die wir früher gemacht haben, früher, ehe ich nach Amerika ging, und habe eigentlich keine Einwände dagegen, nur das Gefühl, daß die Übungen nicht genug sind, daß man sich eine endlose Reihe von Übungen ausdenken kann, ohne glücklich zu werden.

Was also noch? frage ich Lisa. Ihre Antwort weiß ich nicht mehr; weiß nur noch, wie sie einmal mit halbgeöffnetem Mund im Zimmer stand und mir ganz nahe gekommen war.

Wie so oft, höre ich Lisa nicht mehr, weil ich über sie nachdenke.

Jedenfalls müssen wir dafür sorgen, daß du mir nicht zu mächtig wirst, sage ich plötzlich.

Lisa versteht mich nicht.

Ich meine, sage ich, daß du für mich eine ungeheure Macht hast, weil du in der Lage bist, mich zu verlassen.

Aber das kannst du doch auch, antwortet sie, hast du es nicht getan?

Ich habe es getan. Vielleicht hat Lisa nur mit ihrer Frage gemeint, daß ich nach Amerika gefahren wäre, aber ich fange jetzt an, von Edith zu erzählen, Edith, wie ich sie noch in Deutschland kennengelernt habe.

Es ist für mich wie ein Traum gewesen, sage ich, ich habe eine Frau getroffen und ihr gleich sagen können, daß ich sie liebe. Es ist mir erst später klar geworden, daß es Edith war, die mir das ermöglicht hat.

Und ich erzähle, daß Edith schon viel weiter ist als wir, daß sie auch Männer ansprechen kann, wenn sie ihr gefallen, und daß sie einmal, als sie fremd in eine amerikanische Stadt kam, systematisch nach dem Mann gesucht hat, der am besten zu ihr passen würde.

Mit einem, sage ich, ist es unglücklich ausgegangen, wahrscheinlich, weil er ihrem Mann zu ähnlich war – Edith ist verheiratet, aber sie leben getrennt –, aber den anderen trifft sie, wenn sie wieder nach Amerika fährt, immer noch.

Die kleinen Bemerkungen, die Edith fortwährend über ihre Umgebung macht, als müsse sie ständig ihren Standpunkt noch einmal klarlegen, habe ich übernommen. Ich rede weiter und frage mich, was mich dazu bringt, immer weiter über Edith zu reden.

Lisa, die mir ruhig zuhört, sagt: Ich würde sie gern kennenlernen. Sie sitzt auf ihrem Bett und hat die Füße unter den Leib gezogen.

Ich stelle fest, wie leer ihr Zimmer ist, wenn man es aufgeräumt hat. Auch die weißgestrichenen Wände sind leer bis auf ein Plakat, das eine Szene aus einem Ballettsaal wiedergibt: die Tänzer, in einer Pause offensichtlich, sitzen auf dem Boden und sehen irgendwohin in den Raum, als würden sie schon über die nächsten Anweisungen nachdenken, die sie eigentlich noch erwarten.

Ich erzähle von Edith und weiß jetzt, daß ich wissen will, wer die Männer von Lisa waren.

Kenne ich sie? frage ich und hoffe, daß sie sich nicht mit Edith vergleichen lassen.

Lisa antwortet nicht. Ihre Hände liegen auf ihren Knien und sind leicht geöffnet, und ich ärgere mich, daß sie in diesem Augenblick dasitzt wie jemand, der meditiert. Daß sie schweigt, halte ich für ein schlechtes Zeichen, denn ich weiß, daß Lisa lieber schweigt, als zu lügen.

Und ich suche angstvoll nach einem Namen, den mir Lisa verschweigen müßte, und obwohl ich es nicht gewollt habe und mich dagegen wehre, bin ich wieder in der alten Geschichte: Lisa und der Selbstmörder. Ich rufe: Andreas ist wiedergekommen! Ist Andreas wiedergekommen? Oder so ähnlich.

Jedenfalls steht Lisa auf; als ich ihr in den Flur folge, hat sie schon ihren Mantel an. Wahrscheinlich weint sie, aber wie immer hält sie sich, damit ich es nicht bemerken soll: sie hält gewissermaßen den Atem an und verbirgt ihr Gesicht in den Armen. So stehen wir eine Weile im Flur, und vielleicht überlegen wir beide, was wir Besseres tun könnten, bis ich ihr vorwerfe, daß sie kein Vertrauen zu mir habe.

Eine heisere, andere Stimme, nicht meine. Dann reißt sie

die Tür auf; ich höre ihre Schritte im Treppenhaus klappern, wo es eindringlich nach Gebäck riecht. Sie geht rasch, und ich lausche den Geräuschen nach, als die Haustür schon zugefallen und alles verklungen ist.

VI

Mir fällt eine von Ediths Bemerkungen wieder ein; es wäre unnötig, eine Uhr zu tragen, weil es überall Uhren gibt oder Leute, die man nach der Zeit fragen kann, wenn man sie braucht. Das sind sogar Gelegenheiten, um eine Unterhaltung anzufangen.

Ich liege auf dem Bett im Wohnzimmer, wo ich jetzt schlafe. Aber ich schlafe natürlich nicht, ich liege nur da und starre die Decke an. Fast in der Mitte hängt eine Glühbirne herunter an einem Kabel, dessen Anschlüsse aus zwei Rohren kommen. Das Kabel ist lang und verschiedene Male über einen Haken gewickelt, den wir in die Decke geschraubt haben. An einer Stelle ist die Farbe wieder von der Decke geblättert. Darunter ist es grau oder bräunlich. Das Licht, das von der ungeschützten Glühbirne kommt, blendet.

Später stehe ich am Kleiderschrank neben dem Bett und räume einige Hemden heraus. Es ist, als ob ich packen wollte. Aber die Hemden sind alte Hemden; ich will mich von ihnen trennen, weil ihre Manschetten rechter Hand, wo ich die Uhr immer trage, ausgefranst sind.

Ich werfe die Hemden auf den Boden, später auch Bücher, die ich wohl nicht ein zweites Mal lesen werde, Socken, die Löcher haben, Photokopien und Ausschnitte, die man gesammelt hat mit Absichten, die nicht mehr gültig zu sein scheinen, oder Notizen, oder alte Zeitschriften, oder Hosen, die mir zu weit sind.

Manchmal, während ich so arbeite, denke ich mir eine Musik aus, die ich spielen könnte, aber ich lasse es still sein; dann, wenn ich mich unterbreche, kann ich darauf achten, ob im Treppenhaus Schritte zu hören sind, die vor der Tür unserer Wohnung haltmachen. Ich unterbreche mich oft.

Manchmal reiße ich auch das Fenster auf und lehne mich weit hinaus.

Lisa ist nicht zu sehen. Sie kommt nicht um die Ecke, hinter der die Straßenbahnhaltestelle liegt, sie kommt nicht aus der Straße, die vom alten Friedhof herführt, und sie kommt nicht die Straße herunter, in der wir wohnen. Vielleicht ist sie in einem Restaurant; das Wetter ist nicht danach, daß man es lange im Freien aushalten würde, mit Lisas Mantel jedenfalls nicht.

Einmal erscheint eine richtige Familie mit einem Kinderwagen und einem Hund. Ein Mädchen im Schulalter, das ein Päckchen unter dem Arm trägt. Der Vater raucht eine Zigarre. Dann klingelt es an der Tür, lange und ungeduldig.

Sie hat doch nicht die Schlüssel vergessen, denke ich.

Ich schaue hinunter ins Treppenhaus; die Schritte, die ich höre, sind unregelmäßig und schwer. Es ist Lisas Vater, und ich denke automatisch, daß sein Besuch etwas mit Lisas Verschwinden zu tun hat; er, denke ich, würde es eher wissen als ich, falls ihr etwas passiert ist.

Lisas Vater ist in der Stadtverwaltung Beamter gewesen, ehe sie ihn wegen seiner chronischen Kopfschmerzen in den Ruhestand versetzt haben. Er streift sich die Handschuhe umständlich ab, ehe er mir die Hand gibt, die rasch in seinen Mantel zurückkehrt. Ich versuche, ihm den Mantel abzunehmen, aber er geht an mir vorbei auf die Küche zu. Ich glaube, wir haben bis dahin kein Wort gesprochen, und ich fürchte mich vor dem, was er sagen wird. Ich glaube, daß ich seinen Fragen keinen Widerstand leisten könnte.

Er sieht sich in der Küche um, ohne etwas zu sagen. Vielleicht ist er enttäuscht, weil er sieht, daß keiner der Pläne, die er für Lisa zur Gestaltung der Wohnung gemacht hat, verwirklicht worden ist.

Lisa ist nicht da, sage ich.

Er will wissen, wann sie zurückkommt.

Sie besucht Freunde, sage ich.

Und er: Wer sind diese Freunde?

Ich weiß nicht, sage ich. In meiner Abwesenheit hat sich zuviel ereignet. Findet er es merkwürdig, daß sie mich nicht mitgenommen hat?

Er sagt nichts, aber Lisas Vater würde auch dann nichts sagen, wenn er es merkwürdig findet.

Das ist mir ein schöner Freund, wird er vielleicht später sagen, und vielleicht wird er sagen, daß er es unmöglich findet. Aber er wird es nicht zu mir sagen.

Seine Augen sind traurig wie Lisas Augen. Es heißt, daß er nie die Anerkennung bekam, die ihm zustand. Seine Stimme ist spöttisch. Das ist seine Art, eine Klage vorzubringen.

Die Tochter, sagt er, hat uns nicht besucht. Wenigstens am Telephon hätte sie sich ja melden können. Wir haben ja eine Tochter, die etwas Besonderes ist. Ich habe der Mutter gesagt, daß sie sich keine Sorgen machen soll. Aber man kann nicht verhindern, daß sie gekränkt ist. Eine reizbare Frau, die Mutter, was willst du da machen.

In Wirklichkeit ist Lisas Mutter sanft und hat in ihrem eigenen Haushalt nicht viel zu sagen. Sie bestimmt nicht einmal, was gekocht wird oder was für Kleider sie trägt. Lisa und ihre Mutter haben das gleiche Lächeln, wenn sie ihre Tränen herunterschlucken, und sie haben beide diese schweren Oberschenkel, die aussehen, als ob sie von ihrer Trauer aufgeschwemmt worden wären, die nicht abfließen kann.

Lisas Vater holt sich eine Zigarette heraus. Er bietet mir dann auch eine an und wundert sich wie immer, daß ich noch nicht rauche.

Wir sitzen uns in meinem Arbeitszimmer gegenüber, während es vor den Scheiben langsam dunkel wird, und ich denke, daß er sich an seiner Frau rächen wird, weil er hier warten muß. Er hat seinen Mantel über den Knien und bemerkt, daß die Zentralheizung viel zu warm macht. Ab und zu dreht er sich um und sieht lange durch die offene Verbindungstür ins Wohnzimmer hinein. Ich habe eine ordentliche Tochter, wird er sagen, in deren Zimmern es aussieht wie bei den Indianern.

Ich räume gerade auf, sage ich.

Das sieht man, sagt er, das sieht man.

Er lehnt sich tief in seinen Stuhl zurück und massiert sich den Kopf.

Ich sage: Ihre Kopfschmerzen. Und frage, ob ich etwas für ihn tun kann.

Da gibt es nichts zu tun, sagt er.

Die Wohnung von Lisas Eltern liegt, wenn man langsam geht, eine halbe Stunde von hier entfernt. Man ist extra umgezogen, erzählt er, damit es Lisa, wenn sie in München studiert, leichter hat, und sie ist immer gern gekommen. Einmal hat sie uns einen Hund mitgebracht. Wir haben ihn immer noch.

Er spricht, als ob mir Lisas Verhältnisse unbekannt wären, und wir sagen ja auch *Sie* zueinander wie Leute, die nichts voneinander wissen.

Ich habe den Wunsch, seine Geschichten, die nicht aufhören wollen und nach Lisas Dankbarkeit schreien, zu unterbrechen und ihm alles, was ich durch Lisa über ihn weiß, entgegenzuhalten. Aber ich sage dann nur: Versuchen Sie, Lisa zu verstehen. Sie verändert sich gerade, und das ist unheimlich wichtig für sie. Ich glaube, daß wir ihr helfen müssen, auch wenn sie uns manchmal dabei wehtut.

Das sind schöne Veränderungen, wird er später sagen. Ich sehe, daß er sich wieder nach dem Wohnzimmer umdreht. Er steckt sich noch eine andere Zigarette an.

Er ist dann gegangen, ohne daß Lisa zurückgekommen ist. Ich habe gesagt: Warten Sie doch noch ein bißchen. Lisa würde sich freuen.

Er sagte: Die Mutter hat es nicht gern, wenn sie mit dem Essen warten muß.

Als er gegangen war, habe ich das Wohnzimmer in Ordnung gebracht. Die Regale, die Fächer im Schrank, die jetzt leer waren, erfüllten mich mit einer gewissen Befriedigung. Es machte mich müde.

Ich hätte nicht gedacht, daß ich in der Lage wäre zu schlafen, ohne zu wissen, was mit Lisa ist. Ich zog mir Bücher heraus und blätterte darin, ohne zu lesen; ich dachte über uns nach, ohne daß es mir möglich war, irgendeinen bestimmten Satz festzuhalten.

Und doch muß ich eingeschlafen sein, denn ich erwachte mit der Erinnerung an einen seltsamen Traum. Ich träumte, mein eigener Vater habe unbekannterweise und lange vor meiner Zeit einen anderen Sohn gehabt, der ebenfalls meinen Namen trug. Ich kam darauf, weil ich Briefe von ihm besaß, die er kurz nach dem Krieg an Bekannte geschrieben hatte, und in einem von diesen ließ er auch seinen Sohn grüßen, diesen Sohn, von dem ich nichts wußte. Mit diesem Anhaltspunkt fuhr ich nach Spanien, wo ich sein Grab am Rand einer Steilküste fand. Es hieß, daß er ein Held gewesen sei. Er hatte sich mit ausgebreiteten Armen die Klippen hinuntergestürzt und auf diese Weise geopfert. Der genaue Sinn dieses Opfers blieb unbekannt.

Ich war erwacht, weil unter dem Fenster ein schweres Motorrad lief. Noch halb im Schlaf erschien mir der Traum als Erklärung, warum sich meine Eltern immer gestritten hatten. Als ich in die Küche ging, um ein Glas Wasser zu trinken, hörte ich den Schlüssel in der Wohnungstür. Ich nahm Lisa in meine Arme, wie ich es mir die ganze Zeit vorgestellt hatte, und wir versteckten uns ineinander, ohne ein Wort zu verlieren. Ihre Haut erwärmte sich rasch.

VII

Kurz vor meiner Abfahrt träumte ich von Leuten, die mich verschiedene Male verhafteten, um mich zu meiner Mutter zu bringen. Ich weiß nicht, was weiter geschah; ich erwachte, aber ich glaube mich zu erinneren, daß ich noch vor dem Erwachen verschwunden war. Wie verschwunden? Das weiß ich nicht. Einfach verschwunden, abhandengekommen.

Und jetzt bist du wieder da und hast festgestellt, daß du gar nicht abhandengekommen bist, sagt Lisa, die mich vom Bahnhof abgeholt hat. Wir sind mit dem Taxi in ein italienisches Restaurant gefahren, wo ich mich vollgestopft habe wie einer, der am Verhungern ist, aber jetzt sitzen wir doch wieder in der Küche, weil ich reden wollte und die Idee hatte, im Lokal könne man nicht reden. Lisa steht am Herd und wartet darauf, daß das Teewasser warm wird. Ab und zu sieht sie mich an, und ich sage: Ja, ich bin wirklich nicht abhandengekommen.

In der Küche haben sich viele Tüten angesammelt, die voller Abfälle sind. Sie sagt: Es ist gut, daß du wiedergekommen bist, denn du hast mir sehr gefehlt. Mehr als beim letzten Mal, als du in Amerika warst. Manchmal wußte ich nicht, was ich tun sollte.

Ich möchte sie nicht anschauen, um zu sehen, daß sie geweint hat. So beschäftige ich mich mit einem verrunzelten Apfel, der auf dem Küchentisch liegt. Der Staub auf dem Küchenboden ist auch wieder da, Apfelkerne, die auf dem Boden liegen, Krümel, Papierschnipsel. Einige der Vorratsgläser auf dem Regal sind geleert. Ich sage: Wenn wir uns sehr gestritten haben, wollte ich dich anrufen, aber es ist nie gelungen.

Wie schade, sagt Lisa.

Manchmal, sage ich, habe ich es auch absichtlich nicht

versucht. Dann wollte ich mir beweisen, daß ich von dir unabhängig bin. Luise hat einmal gesagt, daß du dir schuldig vorkommen mußt, als sie sah, wie oft ich dir schreibe.

Aber eigentlich denke ich nicht an Luise. Als die Geschichte mit Andreas passiert ist, habe ich Lisa fast jeden Tag geschrieben.

Und als würde sie meine Gedanken erraten, antwortet Lisa: Vielleicht wäre sich Luise schuldig vorgekommen. Ich freue mich einfach über deine Briefe. Aber manchmal – manchmal helfen die Briefe allein eben nicht.

Früher habe ich Lisa dafür geliebt, daß sie oft erraten hat, was ich sagen wollte.

Unser Teekessel, dessen Pfeife nicht geht, zischt auf, und Lisa läßt Wasser in die Teekanne laufen. Wir haben eine besondere Teekanne für solche Gelegenheiten, die wir sonst niemals benutzen.

Wir sprechen dann über die Zeit, die ich mit Edith verbracht habe. Ich sage: Damit meine Mutter lernt, daß sie nicht mehr frei über meine Zeit verfügen kann, habe ich sie besucht.

Lisa ist traurig. Warum bist du nicht früher zurückgekommen? fragt sie.

Sie ist auf die Idee gekommen, mit meiner Mutter wäre doch nicht alles so gut gegangen, wie ich gedacht habe.

Von der Mutter werde ich noch erzählen. Jetzt erzähle ich, daß der Besuch bei Edith schon deshalb wichtig war, weil ich mir den Traum von Edith zerstören mußte.

Ihr habt euch gestritten? fragt Lisa.

Nein, sage ich, denn es gab einfach nichts mehr, über das wir uns hätten streiten können.

Manchmal bin ich allein durch die Stadt gegangen, wo Edith lebt, und sie saß an ihrer Schreibmaschine und schrieb an einem Gutachten, das unbedingt fertig werden mußte.

Lisa bewundert Leute, die ständig arbeiten können, und

ich schneide noch einmal ein bißchen auf mit Ediths Arbeitswut, der Regelmäßigkeit, mit der sie sich an die Maschine setzt, nachdem sie ihre Zeitung (die Frankfurter Allgemeine natürlich) gelesen hat; und abends die Arbeitsgespräche, die bis Mitternacht gehen können. Aber dann sitze ich immer noch in der Küche, stochere mit dem Löffel in der Tasse, die mir Lisa hingestellt hat, und sage: Ich weiß jetzt, daß ich mir die meisten Eigenschaften, die ich an Edith bewundern konnte, nur zurechtgelegt habe. Einmal sprachen wir auch über dich. Und sie wünschte sich, irgendeine Zweierbeziehung, die sie kennt, würde glücklich ausgehen.

Lisa macht einen Zeigefinger: Du schwindelst. Aber ich sehe, daß sie jetzt guter Laune ist.

Ich sage: Du mußt dazu wissen, daß Edith nicht so unabhängig ist, wie ich gedacht habe. Ich habe gedacht, daß ihre Weigerung, in einer Zweierbeziehung zu leben, eine extreme Form der Unabhängigkeit ist. Aber das ist nicht wahr. Irgendwann kehren alle Gespräche zu ihrem Mann zurück, und selbst ihre kleinen Bemerkungen, die ich so bewundert habe, scheinen sich eigentlich auf diesen Mann zu beziehen. Sie sagt etwa: Man muß eben zwischen meinem und deinem Problem unterscheiden. Und es kommt mir vor, als ob sie sich immer noch gegen diesen Mann verteidigt.

Du warst auf ihn eifersüchtig, stellt Lisa fest.

Aber das kann ja nicht möglich sein, sage ich, denn inzwischen ist Edith in einen ganz anderen Mann verliebt – es ist eine unglückliche Geschichte. Sie sagt, daß es sie so traurig macht, daß sie nicht richtig arbeiten kann, und wundert sich, daß ihr das, nach all ihren Erfahrungen, immer noch passiert.

Und Lisa: Findest du es nicht merkwürdig, daß du ihr etwas zugestehst, was du mir jedenfalls verbietest. Du bewunderst es noch an ihr.

Inzwischen habe ich doch wieder Hunger bekommen. Bei ihr, sage ich, während ich aufstehe, ist es etwas ganz anderes.

Lisa in meinem Rücken, als ich in den Kühlschrank sehe, schweigt. Im Kühlschrank sind nicht einmal Eier. Wir haben auch kein Brot. Es stellt sich heraus, daß es nichts gibt, was ich essen könnte, als diesen verschrumpelten Apfel, der auf dem Tisch liegt. Ist das ein Empfang, denke ich.

Lisa will immer noch wissen, was denn bei Edith so anders ist. Schließlich fällt es mir ein. Bei ihr, rufe ich, habe ich von vornherein nicht damit gerechnet, irgendeine Rolle zu spielen.

Lisa schüttelt den Kopf. Sie könnte jetzt sagen: Wenn du zu Edith gehst, setzt du also voraus, daß es mich gibt. Aber Lisa sagt nichts, sie sagt nichts, und schließlich, als ich sie frage, was sie denn denke: Nichts.

Aber jetzt, sage ich und tue so, als ob ich nicht bemerken würde, daß ich wie früher gegen Lisas Schweigen anrede, muß ich dir doch von meiner Mutter erzählen. Beim Empfang habe ich gedacht, alles werde ganz schlecht ausgehen; ich fahre hinauf ins Hotel und merke an ihrer Begrüßung, daß sie mir böse ist, aber ich weiß nicht, warum.

Es hat sich dann – zufällig habe ich gesagt, wie sehr sich der Zug doch verspätet hat – herausgestellt, daß mich meine Mutter mit ihrer Schwester zusammen vom Bahnhof abholen wollte. Während sie warteten, sind sie irgendwie auf die Idee gekommen, der Zug wäre schon eingefahren. Ich wäre an ihnen vorbeigelaufen. Und meine Mutter war böse, daß sie unverrichteterdinge wieder ins Hotel zurückkehren mußte, und daher böse auf mich: ich hätte mir doch denken können, daß sie mich abholen will.

Sie sagt nichts und wartet lieber, bis ihre Wut ganz plötzlich aus ihr herausbricht. Es ist aber, glaube ich, weil sie in Wirklichkeit jeden Streit vermeiden möchte. Dann denke ich, man könnte sich leicht gegen sie durchsetzen, wenn man sich richtig anstellt. Aber wenn sie ungerecht ist – in einem einzigen Augenblick der Wut scheint sie alles zu vergessen, was zwischen uns besteht –, helfen diese Gedanken nichts mehr.

Sie schreit zum Beispiel, ich wolle sie ja nur abholen, weil ich darauf rechnete, daß mir hier Kleider geschenkt werden.

Wäre ich noch ein Kind, würde sie mich jetzt schlagen. Nein, sie würde mich nicht schlagen, denn sie hatte sich vorgenommen, mich nie zu schlagen; sie würde also mit einem Buch nach mir werfen oder einem anderen Gegenstand, der ihr gerade zur Hand kommt, und würde sie meiner habhaft, würde sie mich kneifen oder am Ohr reißen wollen, daß es den Kopf schüttelt. Sie ruft mir dann zu, daß ich ihr nicht fortlaufen soll; daß es Kindern nicht zusteht, vor ihren Müttern davonzulaufen.

Wir gehen ins Wohnzimmer, und ich führe Lisa die Kleider vor, die ich bekommen habe: eine Hose mit einem Sakko, dazu eine passende Krawatte. Den Schal, sage ich, habe ich mir gekauft, als ich bei Edith zu Besuch war.

Lisa gefällt der Schal besser.

Ich muß ihr erklären, daß ich meiner Mutter trotz allem nähergekommen bin.

Gerade natürlich, sage ich, weil ich ihr zum ersten Mal Widerstand geleistet habe.

Einmal erzählt sie, warum es gekommen ist, daß sie sich mit meinem Vater so oft gestritten hat: nach dem Krieg hat er, ohne mit ihr darüber zu reden, eine Spekulation gemacht. Mit anderen zusammen hat er Gewerkschaftsgelder dazu gebraucht, um Wehrbestände aufzukaufen; später wollten sie damit Handel treiben. Er hat ja, erinnert sie sich, immer gern gehandelt. Und dann – dann kam die Währungsreform. Plötzlich waren alle Sachen wieder zu haben, und sie sind auf ihren Wehrbeständen sitzengeblieben. Er hatte kein Glück. Sie sagt es, als ob sie meinen würde, daß einem das Pech anhängen würde wie eine Schuld.

Meine Mutter ist der Ansicht, daß einer, dessen Frau gerade ein Kind erwartet, sich auf solche Sachen nicht einlassen dürfe. Und einer, der für den Sozialismus ist, darf sich auf solche Sachen nicht einlassen. Er muß besser sein als die anderen.

Und dann erzählt sie, wie sie sich vor ihren Bekannten geschämt hat, als mein Vater in Untersuchungshaft saß. Und es klingt wie ein Vorwurf, als sie feststellt, daß man nur ihn allein belangt hat. Ihn allein, weil er für die anderen geradestehen wollte.

Lisa, die mich hat reden lassen, ohne sich zu beteiligen, verläßt mich nicht. Sie ist jetzt gutmütig im Gesicht, und ich denke, daß ich sie nach dem Büro fragen sollte. So schweigen wir beide. Dann springe ich wieder auf, um ihr die Bücher zu zeigen, die mich meine Mutter hat mitnehmen lassen. Es sind welche von denen, die mein Vater über den spanischen Bürgerkrieg gesammelt hat.

Es ist schade, rufe ich, daß seine Bemerkungen nicht dabeistehen. Er war nämlich überzeugt, daß sie alle falsch sind. Aber er war es nicht gewohnt, daß man etwas in Bücher hineinschreibt.

Es ist Lisa, die mich auf mein Bett herunterzieht; ihr Pullover ist hochgerutscht und gibt ihre weiche Haut frei. Wir fahren uns in die Haare.

Ich sage: Irgendwo in der Wohnung muß Zug sein.

Ihre Küsse sind feucht geworden.

Später fällt mir noch ein, daß ich nach Amerika zurückgehen möchte. Lisa schreit leise auf. Ich sage: Diesmal würden wir doch zusammengehen. Und ich stelle mir vor, was Lisa für Möglichkeiten haben würde, hätte sie ein ganzes Jahr nur für sich selber Zeit.

VIII

Ich habe mich von Luise getrennt. Danach sitze ich wieder an meinem Schreibtisch und sage mir, daß ich nicht anfangen kann. Ich sage mir nicht, daß das Gespräch mit Luise daran schuld wäre.

Ich blättere in den Akten, die einen Prozeß meines Vaters betreffen. Meine Mutter hat sie mir ausgehändigt. Vielleicht ist es ihre Meinung, die mich jetzt lähmt; die Meinung, ich würde damit sozusagen das Leben meines Vaters in Händen halten.

Dieser Prozeß ist von meinem Vater angestrengt worden, damit ihm die Jahre, während derer er als politisch Verfolgter im Ausland war, wenigstens für die Rentenversicherung anerkannt werden. Es ist ein dicker Ordner, der vor mir liegt: Durchschriften von Zeugenaussagen, Bescheinigungen, Anträgen, Antworten des beklagten Landes – es ist das Land Hessen gewesen –, Briefe des Rechtsanwalts, Briefe meines Vaters, Beweisaufnahmen, Rechnungen, Urteile. Verschiedentlich mußte mein Vater auch einen Lebenslauf schreiben. Der Ordner scheint oft benutzt worden zu sein; viele der dünnen Papiere sind ausgefranst, geknickt und dort, wo sie gelocht wurden, aufgerissen.

Ich rechne aus, daß mein Vater vom ersten Antrag an fünfzehn Jahre mit diesem Prozeß hingebracht hat. Und ich traue mich nicht, einfach einen der Lebensläufe, die sich offensichtlich gleichen, herauszunehmen und abzuschreiben, obwohl ich mir immer vorgestellt habe, wie mir das Anhaltspunkte geben würde für weitere Untersuchungen.

Eigentlich wollte ich Luise nur sagen, daß ich keine Zeit habe, als sie mich anrief: sie arbeitet vormittags nicht mehr und wir könnten einen Spaziergang machen.

Das Wetter ist schön, sagt Luise.

Ja, das Wetter ist schön, sage ich und sehe zum Fenster hinaus: blauer Himmel, in dem das Weiß liegt, ohne bestimmte Grenzen zu hinterlassen.

Ich muß jetzt arbeiten, sage ich.

Aber du, sagt Luise, du kannst dir die Zeit doch einteilen.

Ich traue mich nicht, sage ich.

Wann können wir uns denn dann sehen? fragt Luise.

Ich sage, daß ich das noch nicht weiß. Jetzt will ich mich noch nicht festlegen.

Und als Luise immer noch weiter fragt – sie glaubt mir das alles nicht, denke ich –, sage ich: Ich glaube, daß ich dich überhaupt nicht mehr sehen will.

Jetzt kommt es mir vor wie ein unglücklicher Zufall: als ob ich mich nur versprochen habe. Es scheint Luise zu sein, die hinterher dafür sorgt, daß ich meine Äußerung nicht mehr zurücknehmen kann.

Aber warum denn nur? will sie wissen.

Diese Begründung bekommt sie: Du bist niemand, der mir guttut.

Es ist wegen der Reise, sagt Luise. Aber ich möchte selbst über die Reise sprechen.

Nein, sage ich. Ich sage, daß ich diese alten Geschichten nicht aufwärmen will.

Luise sagt: Du brauchst keine Angst zu haben, daß ich dir Vorwürfe machen will, im Gegenteil.

Sie gebe sich selber einen großen Teil der Schuld daran, wie die Reise verlaufen sei. Damals, sagt sie, war ich nicht in der Lage, offen zu dir zu sein.

Ihre Stimme klingt eindringlich, wie sie immer eindringlich klingt, wenn Luise es will.

Inzwischen, antworte ich, ist es ja nicht die Reise allein. Und sie, die sich nicht abschütteln läßt: Was denn noch? Was denn noch? rufe ich wütend. Es ist der Besuch, den du uns gemacht hast.

Luise fragt, was denn mit dem Besuch gewesen sei. Sie

kann sich an nichts erinnern, und ich habe Hemmungen, zu ihr von den Gefühlen zu sprechen, die ich damals gehabt habe. Und in mein Schweigen hinein sagt sie, traurig und überlegen zugleich: In Wirklichkeit bist du ja nicht auf mich wütend, sondern auf deine Mutter.

Von da an habe ich mir nur noch gewünscht, daß das Gespräch zu Ende gehe und ich arbeiten kann.

Die Trennung macht mich traurig und froh zugleich. Ich sage mir, daß Luise natürlich zu einem guten Teil recht hat. Ich bin auf Luise wütend wie ich auf meine Mutter wütend bin, aber ich kann ihr nicht zugestehen, daß sie sich einfach hinter meiner Mutter versteckt, daß sie –

Abgebrochen. Ich verlasse die Wohnung, ohne etwas gegessen zu haben.

Gehen mit kalten Füßen. Das Gefühl, aller Orte, wohin man gehen könnte, überdrüssig zu sein.

Dann gehe ich auf den alten Friedhof, der keine fünf Minuten von unserer Wohnung entfernt ist. Die letzten Begräbnisse dort haben wahrscheinlich in den dreißiger Jahren stattgefunden. Manche der Grabsteine sind mit Figuren geschmückt: ein Engel, der aussieht, als habe er gerade etwas auf ein Grab fallen lassen, der Kopf eines Universitätsprofessors, der an der Mauer aus dem Efeu lugt, kleine Sphinxen, die einen Sarkopharg tragen, oder im westlichen Teil zwei Steingestalten, die vielleicht eine Frau und ein Kind darstellen. Sie sind in ein Gespräch um Trost und Verzweiflung vertieft. Das Alter hat den Figuren viel von der Häßlichkeit genommen, die ihnen wahrscheinlich ursprünglich eigen war: der Marmor ist nicht mehr weiß, sondern mit einer dicken grauen Schicht überzogen, die den Ausdruck mildert und gewissermaßen bescheiden macht. Die beiden Gestalten in ihrem Gespräch aber haben alle Hände verloren, und diese unnatürliche, niemals beabsichtigte Hilflosigkeit gibt ihnen eine rührende Größe. Es ist ein kleiner Friedhof, und ich kehre immer wieder zu diesen Gestalten zurück. Andere hat man von ihren Sockeln gestürzt; sie liegen zwischen den welken Blättern im Gras mit abgebrochenen Köpfen, die in den Himmel stieren. Irgendeiner muß so wütend gewesen sein, daß er den Kopf einer schnauzbärtigen Büste demoliert hat, wo jetzt wieder das Weiße des Marmors sichtbar wird: es ist ein Stein, in dem kleine Kristalle glitzern.

Am meisten macht es mich wütend, wenn meine Mutter, nachdem sie gerade ihren Zorn an uns ausgelassen hat, Fremden gegenüber so tut, als wäre überhaupt nichts gewesen. Oder wenn sie, nachdem der Besuch gegangen ist, die Wut zeigt, die eigentlich diesen Fremden gilt. Ich habe dann das Gefühl, daß diese Fremden, wie sie meine Mutter nennt, bevorzugt werden. Fremden gegenüber beherrscht man sich. Eine alte Nachbarin nähert sich dem Grab, an dem wir stehen, und meine Mutter fordert mich mit einer Handbewegung auf, zu schweigen. Mein liebes Kind, hat sie gerade vorher gesagt, ich glaube, daß du dich einfach an die falschen Dinge erinnerst. Und sie hat mir erzählt, wie glücklich wir doch alle immer zusammen gewesen sind. Weißt du noch, wie wir zusammen gesungen haben? Ich weiß es noch. Wir sind jung und das ist schön, haben die Eltern gesungen, und gewandert sind sie; ich kann die Namen hersagen: Alexanderstein, Fröschenteich, Küßnachter Tobel. Ich erinnere mich, sage ich, daß wir später nicht mehr gesungen haben. Du sagtest, er singe falsch. Er machte sich einen Spaß daraus und behauptete, daß er die zweite Stimme singe. Es konnte ihm nicht tief genug gehen.

Jetzt machst du dich wieder über ihn lustig, sagt sie. Ich höre die Ironie in deiner Stimme, sagt sie. Und bitter: Ich weiß ja, daß wir dir nicht gut genug sind. – Die Vorwürfe, die sie meinem Vater gemacht hat, sind jetzt Meinungen, die ich heimlich über meinen Vater habe, und sie verteidigt ihn jetzt gegen mich. Die Nachbarin hat sich entfernt, nachdem sie über das Wetter gesprochen haben.

Sie sagt: Nicht einmal das Grab bedeutet dir etwas. Sie ist sicher, daß nach ihrem Tode alles verfallen werde.

Ja, rufe ich, ja: das Grab bedeutet mir wenig. Wenn ich ein Grab sehe, sehe ich nur den Stein, von dem wir mühsam die welken Blätter herunterklauben, die von der Feuchtigkeit angeklebt sind.

Es bringt mich auf, wie sie dieses Grab pflegt, und ich denke: Es ist damit wie mit seiner Briefmarkensammlung.

Als mein Vater noch lebte, hat sie ihm immer vorgeworfen, wie sehr er seine Zeit damit verschwende. Immer sitzt du hier bloß herum, rief sie, wenn er saß und sortierte; er hatte es aufgegeben zu widersprechen. Das gehörte zu seinen Regeln: der Krach, wenn man darauf eingeht, fängt dann erst richtig an. Sie rief: Du brauchst gar nicht so zu tun, als ob du mich nicht gehört hast.

Es brachte sie auf die Idee, daß die Sammlung in der Wohnung zuviel Platz wegnehme; und wie andere Sachen, die er gehabt hatte, hat er sie eines Tages in das Archiv getragen, wo er inzwischen angestellt war.

Jetzt wird diese Sammlung von meiner Mutter fortgeführt, die Angst hat, daß bei seinem Tod einzelne Bände verlorengegangen sind. Sie arbeitet an der Sammlung, während wir miteinander sprechen könnten, und schickt mich in die Stadt, um neue Blätter zu kaufen, und während wir miteinander sprechen könnten, stehen wir an diesem Grab. Wir schreien uns manchmal an, aber wir schreien aneinander vorbei und haben Erinnerungen, die wir nicht teilen können. Wenn sie redet, versucht sie sich immer gleich in mein Leben zu mischen; und dann reden wir lieber nicht und füllen die Abende mit dem Fernsehprogramm oder, wenn sie findet, daß da nichts richtiges läuft, lösen wir zusammen Kreuzworträtsel oder spielen Spiele, die man auch allein spielen kann; Patiencen.

Ich nehme mir vor, daß ich ihr das eines Tages sagen werde.

IX

Vom Friedhof in den Schallplattenladen Ecke Türkenstraße. Dort ein Gespräch mit Johanna. Es ist eines jener Gespräche, auf die ich mich vorbereitet haben möchte. Ich hätte mir vorstellen können, daß wir uns zufällig begegnen, aber das habe ich nicht getan. Sie hat mich zuerst gesehen. Um mich auf sich aufmerksam zu machen, legt sie mir ihre Finger auf die Schulter. Sie hat mich angefaßt. Sie hat die Überraschung auf ihrer Seite.

Und du? Was machst du? Du arbeitest nicht, stellt sie fest. Ich werde mich an ihre Hänseleien gewöhnen müssen.

Ich höre mir vielleicht Platten an, die ich für meine Arbeit gebrauchen werde, antworte ich. Wo ist denn die kleine Johanna? Sie sagt, daß sie bei ihrem Großvater ist.

Der Laden, in dem man sitzen kann, scheint eine Art Treffpunkt zu sein. Johanna ist dort bekannt und flüstert mir den Namen des blonden Mädchens an der Kasse zu. Ich sehe Leute hereinschlendern, die offenbar nur miteinander reden wollen. Sie nicken mit ihren Köpfen im Takt der Musik, die aus den Lautsprechern kommt.

Johanna hat sich den zweiten Kopfhörer an meinem Plattenspieler aufgesetzt, um herauszubekommen, was ich mir anhöre, aber es sagt ihr nichts.

Kennst du Mercedes Sosa?

Sie fängt an, über die Indianer zu sprechen, und will wissen, ob ich einmal in einem Reservat gewesen bin.

Ich spreche über die Musik der sechziger Jahre.

Es ist, als ob ich die alten Titel, die ich in meiner Schulzeit geliebt habe, nicht mehr finden würde. Damals habe ich die Texte nicht verstanden, oder einzelne Wendungen haben sich mit der Musik eingeprägt und sind wie Sprichwörter geworden, auf die man immer wieder zurückgreift, um in

Wirklichkeit von sich selber zu sprechen. Damals kam es mir vor, als könnte ich das, was ich auf Deutsch nicht mehr sagen konnte, sehr gut auf Englisch ausdrücken.

Und jetzt? fragt Johanna.

Ich habe ein Jahr lang nur Englisch gesprochen und weiß, daß es keinen Unterschied macht.

Und jetzt, wenn ich die Musik höre, die mir damals direkt in den Körper ging, höre ich nur, daß der Sänger schlecht ist oder der Schlagzeuger mittelmäßig.

Als die Rolling Stones letztes Mal hier waren, fällt mir ein, hatten sie einen schwarzen Schlagzeuger dabei, und Charlie Watts brauchte nur noch zu spielen, daß er Charlie Watts war.

Obwohl sie mich immer noch siezt, entsteht nach und nach die Vertrautheit von Leuten, die bereit sind, über alles zu reden.

Es fängt mit dem Buch an, das ich schreiben will. Ich erzähle plötzlich beschwingt, daß es eigentlich nicht über meinen Vater ist, sondern über die Liebe.

Dann schreiben Sie auch etwas über die Homosexualität. Der Rauch ihrer Zigarette – sie erlaubt es sich, zu rauchen, wenn sie das Kind nicht dabei hat – kommt aus ihrer Nase in mein Gesicht.

Hat sie mir eine Frage gestellt, eine Feststellung gemacht, oder will sie mir eine ihrer Vorschriften geben?

Sie sagt: Ich denke mir, daß Sie ein systematischer Mensch sind.

Vielleicht will sie sich wieder über mich lustig machen. Hat das Krändel gesagt? frage ich.

Ich weiß alles über Sie, sagt sie da, vertrauen Sie meiner Eingebung.

Vorschriften: sie erzählt mir eine Geschichte, die ich in mein Buch aufnehmen soll. Eine Freundin von mir, sagt sie, wollte einmal Schauspielerin werden. Aber sie hatte ein unregelmäßiges Gesicht. Sie sagte: Mit einem unregelmäßigen

Gesicht kann man nicht arbeiten. Auf einem der Leseabende, die mein Mann manchmal veranstaltet, hat sie dann ein Gedicht von Brecht gelesen, das von einer Abtreibung handelt, und alle, mit denen ich gesprochen habe, waren überwältigt. Sie sagten: So kann nur jemand lesen, der selber abgetrieben hat. Sie wirkte so betroffen. Alles kam nur stockend heraus, und wir haben auf einmal die Geschichte miterlebt. Ich ging also zu ihr hin und sagte, wie toll sie gelesen hat und wie schade es ist, daß sie sich nicht getraut hat, doch eine Schauspielerin zu werden. Darauf sagt sie: Ich habe gar nicht besonders gelesen, ich war nur so aufgeregt.

Ich frage sie nicht, was ich mit dieser Geschichte anfangen soll. Denn während sie die Geschichte erzählt, habe ich den Gedanken, daß die Hauptperson dieser Geschichte Lisa ist. Wenn es Lisa wäre, denke ich, würde man nicht wissen, ob die letzte Erläuterung eine Pointe ist oder nur ein Hinweis auf Lisas Bescheidenheit, mit der sie sich selbst verleugnet. Und sogar die Frage nach der Abtreibung müßte noch einmal gestellt werden, denn ich bin sicher, Lisa würde auch das verschweigen. Sie würde eines Tages sagen, daß sie eine Tante besuchen muß, die in Stockdorf wohnt, und wenn es ihr am nächsten Tag immer noch schlecht ginge, würde sie doch wie immer ins Büro fahren oder das wenigstens vortäuschen, um zusammengekrümmt an irgendeinem warmen Ort zu sitzen und zu leiden, während ich ahnungslos bleibe. Und dann frage ich mich, was ich falsch gemacht habe, daß Lisa mir nichts erzählt hat. Ist es der Starrsinn, mit dem ich an einem einmal gefaßten Mißtrauen festhalte? Ich sage mir, daß sich Lisa niemandem anvertrauen würde, keinem, nicht einmal mir. Aber das tröstet mich nicht.

Ist es nicht seltsam und falsch, frage ich Johanna, daß wir den Menschen, die uns am nächsten stehen, nicht genug vertrauen können, so daß wir lieber unsere Zuflucht bei Freunden zweiter oder dritter Wahl suchen?

Ich verstehe Sie nicht ganz, sagt sie. Für einen Augenblick

denke ich, daß sie das Gespräch abbrechen wird. Aber sie bleibt sitzen. Ihr Körper, der ein bißchen plump ist, bewegt sich jetzt auch im Rhythmus der Musik, die den ganzen Laden bis in den Boden erfüllt. Sie zündet sich noch eine Zigarette an und schiebt die Streichholzschachtel auf dem durchsichtigen Tresen hin und her, unter dem die Platte aufgehört hat, sich zu drehen. Das Mädchen von der Kasse ist herübergekommen, aber sie sieht uns nur zu, wie wir sitzen, und sagt nichts. Ich mische mich in Johannes Spiel ein.

Die Streichholzschachtel, sage ich, während ich sie mit den Fingern bewege, ist ein Schiff. Sie fahren über das Meer, das ganz spiegelglatt ist. Sie sehen bis weit in die Tiefe hinunter.

Johanna, mir zugewendet, sieht auf ihre Füße hinunter. Ihre schwarzen Haare fallen ihr ins Gesicht, sie decken ihre Schultern zu. Ich sage mir, daß sie in meiner Erinnerung schöner gewesen ist. Ihr Mund zuckt unter ihrer großen Nase; wie bei jemand, der gern lachen möchte, aber nicht lachen will.

Ich sage: Wenn man schon spielt, dann richtig.

Daraufhin kommt ihre Hand zurück und bleibt auf der Schachtel liegen. Wir sehen uns wieder an, und sie lächelt ein bißchen. Dann erzählt sie mir ohne Übergang, sie wolle Psychologie studieren.

Mein Mann, sagt sie, hat mir lange zugeredet, daß ich studieren soll, weil ich ihm einen unzufriedenen Eindruck mache, und jetzt will ich es wirklich.

Er ist gegen die Psychologie. Er sagt: Wenn man Psychologie studiert, hat man nur persönliche Gründe.

Krändel, sagt Johanna, hat natürlich recht.

Und dann, nachdem sie eine Weile gezögert hat, wobei sie immer ihre Unterlippe einsaugt: Einmal bin ich Krankenschwester in Haar gewesen.

Sie redet nicht weiter. Schließlich fragt sie das Mädchen

an der Kasse, ob sie nicht eine Platte von Mercedes Sosa da haben.

Die müssen Sie sich wenigstens anhören, sagt sie, Sie mit Ihren sechziger Jahren.

Ich überlege mir, daß Johanna wahrscheinlich vier oder fünf Jahre jünger ist als Krändel, als Lisa, als wir alle.

Als wir später den Laden verlassen, um den Kindern Platz zu machen, die nach der Schule hereinströmen, Kinder mit Gesichtern, auf denen die ersten Bärte weich und gekräuselt wachsen, benützen wir die Gelegenheit nicht, um uns zu trennen. Mir fällt jetzt ein, daß ich Hunger habe. Wir könnten zum Essen gehen, höre ich mich sagen. Sie bleibt stehen und zieht ihren gestrickten Mantel zusammen. Aus dem Himmel fallen einzelne Flocken, die aus keiner bestimmten Richtung zu kommen scheinen. Sie fragt nichts weiter als: Wo, und weil es schon gegen drei ist, schlage ich ein italienisches Restaurant in der Nähe der Universität vor, das durchgehend geöffnet hat. Johanna sagt nichts dazu, aber sie folgt mir einfach.

Ich bin dazu übergegangen, Johanna zu duzen, und wundere mich, daß sie es selbstverständlich geschehen läßt; die Zeit, in der ich solche Übergänge fast nie geschafft habe und es immer dem anderen überließ, aus Höflichkeit, wie ich mir sagte, ist deutlich in meiner Erinnerung. Was wir nicht zur rechten Zeit gelernt haben, wird uns niemals selbstverständlich: wie in den Sprachen, die uns fremd bleiben, quält man sich mit der Grammatik und spricht mit einem falschen Akzent, ohne es zu merken.

Wir sitzen nebeneinander und manchmal, wenn wir essen, berühren wir uns mit den Ellbogen, als ob das zufällig wäre, und dann sehen wir uns nicht an. Wir trinken Wein, obwohl Johanna gesagt hat, sie befürchte, davon betrunken zu werden. Später, als sie mir etwas zeigen will, legt sie mir ihre Hand auf den Arm; sie zeigt mir eine Frau, die es offensichtlich zu etwas gebracht hat, eine Frau in den Fünfzigern mit dicken goldenen Ringen in den Ohren, die mich mit ihren kurzen drahtigen grauen Haaren und ihrem braunen strengen Gesicht an einen General erinnert: sie ißt hastig; und jetzt ist sie schon bei ihrem Nachtisch, dem weichen italienischen Eis, das sie herunterlöffelt wie alles andere, und zwischen jedem Bissen bringt sie es fertig, ihrem Begleiter einen Satz zuzurufen, der genau in ihre Bewegungen paßt. Sie beherrscht den Raum mit ihrer Stimme, aber sie wird schon fertig und gegangen sein, während wir ihr noch zuschauen, während Johannas Arm immer noch auf meinem Arm liegt und sie sich wundert, was ich für einen schönen Pullover habe.

Wir kaufen sie in der Schweiz, sage ich und denke daran, wie lange ich gebraucht habe, um Lisa zum ersten Mal so zu berühren. Ich werde immer glauben, daß sich Frauen vor solchen Berührungen ekeln, wie sich meine Mutter geekelt hat. Ich weiß es natürlich besser; aber es ist ein Ekel, der niemals ausgesprochen wurde und sich nur darin äußerte, daß sie gewisse Bücher unter den unwahrscheinlichsten Ausreden ablehnte, ein Ekel, der von Wörtern genausowenig berührt wird wie meine Überzeugung darüber.

Damit ich nicht schweige, erzähle ich Johanna von den Streichen, die ich meiner Mutter spielen durfte; ich mußte es ihr vorher sagen, wenn ich mir einen Streich ausgedacht hatte, und wir spielten ihn dann gewissermaßen zusammen, unter ihrer Anleitung.

Es durfte keine Überraschungen geben, sage ich, keine Unregelmäßigkeiten.

Was ich damit meine, fragt mich Johanna. Sie spielt jetzt mit ihrem Glas, daß ich denke, daß sie es umstoßen will.

Zur Erklärung fällt mir nur eine Geschichte ein:

Die Leute, die über uns wohnten, hatten zum Beispiel einen Sandkasten in ihrem Kinderzimmer, und als ich von dort zurückkam, hat die Mutter Sand in meinen Haaren gefunden und natürlich gescholten. Es ist der Sand, der unter die Schuhe gerät, so daß er bald in der ganzen Wohnung ist, wo er Löcher in den Fußboden kratzt. Ich sagte also dem Kind von oben, daß ich nicht mehr mit ihm spielen werde. Du hast Sand in deiner Wohnung, sagte ich. Darauf begann das andere Kind zu weinen, und weil es sich nicht beruhigen konnte, lief es zu seiner Mutter, die sich daraufhin bei meiner Mutter über mich beschwerte.

Das Ende von der Geschichte war, daß ich mich bei der Mutter des Kindes entschuldigen mußte.

Johanna glaubt diese Geschichte nicht ganz. Sie sagt, daß sie über die Geschichte lachen möchte, aber sie bleibt doch ernst, wie ich es bei ihr nicht anders erwartet habe.

Aber beachte, sage ich, meine Mutter wußte, daß Kinder Streiche spielen müssen, und versuchte sich danach einzurichten, obwohl es ihr sehr zuwider war.

Und jetzt, sagt sie, versuchst du, das alles nachzuholen. Ich frage sie nicht, wie sie darauf kommt. Ich frage sie: Hast du dir noch nie gewünscht, daß du etwas Versäumtes nachholst?

Du kommst mir, sagt sie, wie ein kleines Mädchen vor: ein kleines Mädchen mit einer blauen Schleife im Haar.

Sie schiebt wieder ihre Streichholzschachtel hin und her. Wie Krändel, sagt sie. Sie trinkt, ihre Stimme wird heiser und lauter. Sie stochert in den Resten ihres Salats. Sie sucht nach einer Erklärung und redet sich langsam in Zorn. Die Kellner beeilen sich nicht. Der Mann, der vorn am Eingang, wo er die Pizza macht, wie ausgestellt wirkt, lehnt an der Wand neben seinem Ofen, der mich an ein Bienenhaus oder an die Hölle erinnert und mit kleinen, blauen, bienenwabenförmigen Kacheln bedeckt ist.

Ich höre sie rufen: In Wirklichkeit (Wirklichkeit!) bist du noch schlimmer als er (er!). Du läßt dir auch noch dein ganzes Leben von Lisa besorgen.

Sie sagt mir, daß Lisa lange von einer solchen Umkehrung geträumt hat.

Aber in Wirklichkeit (Wirklichkeit!), sagt sie, ist sie unglücklich darüber. Ja, du wirst schon sehen, wie es ausgeht.

Ich frage mich, was Johanna über Lisa weiß, und sage mir, daß sie betrunken ist, ich sage mir: Manche Menschen werden zornig, wenn sie betrunken sind.

Ich sitze stumm dabei und lasse sie reden und schreien, daß mich die Kellner ansehen. Ich wehre mich nicht.

Manchmal, fällt mir ein, möchte ich Gärtner werden und Schäden an den Kniescheiben haben, irgendeine Berufskrankheit.

Der Wein hat die Gefühle träge gemacht, und die Zustände, die im Kopf schwimmen, bewegen sich nicht: es ist wie ein Rückfall in alte Gewohnheiten. Johanna, die den Arm um meine Schulter legt, um alles, was sie gesagt hat, zurückzunehmen, sitzt in einem Aquarium: vielleicht Tränen.

Später, als ich wieder reden kann, sage ich ihr, daß Streiten die Leute in Wirklichkeit (Wirklichkeit!) viel näher zusammenbringt.

Sie nickt: Ja, sagt sie, Streiten verbindet.

Und nachdem wir uns eine ganze Weile angesehen haben, ohne etwas Bestimmtes zu sehen, so, wie man vielleicht starrt, wenn man versucht, dem anderen *hinter* die Augen zu schauen, sagt Johanna: Ich habe jetzt den Mut, daß ich die Geschichte vom Krankenhaus fortsetzen möchte.

Sie spricht über ein Geheimnis. Ich habe oft geglaubt, daß man sich findet, indem man solche Geheimnisse miteinander teilt. Auch das, denke ich, ist bezeichnend: daß Johanna schließlich mit ihrem Geständnis zu Krändel zurückkehrt, Krändel mit seinem Verständnis: wenigstens schien es mir damals, sagt sie, daß er mir zuhören konnte.

Johanna erzählt, daß sie einmal von einem Patienten gegen ihren Willen gefickt worden ist. Und der Freund, den ich damals hatte, sagt sie, weißt du, hat einfach seine Schultern gezuckt und mir gesagt, ich soll doch froh sein, daß er so tut, als ob weiter nichts ist. Gesagt hat er das natürlich nicht, sondern an mir vorbeigesehen und es *gemeint*. Und dieser Typ – der war doch genauso im Krankenhaus angestellt wie ich und wir haben immer über die furchtbare Lage der Patienten gesprochen und uns aufgeregt. Das hat sich bei mir auch nicht geändert, nachher. Mir hat der Mann leid getan, daß sie ihn wieder in die geschlossene stecken. Aber dieser Freund, wenn er mir dann begegnete, zufällig auf den Gängen oder wenn wir uns draußen trafen, dann kam er mir vor wie ein anderer – so, weißt du, als ob ich ihn nie vorher gesehen hätte.

Sie hat ihre Hände über meiner Schulter gefaltet, was mich an Lisa erinnert.

Sie sagt: Und doch war er der einzige, den ich kannte. Mein Vater sagte: Um Gottes willen, nichts deiner Mutter erzählen. Meine Mutter ist fromm gewesen, weißt du, mit einer richtigen Hölle und so. Sie hätte sich nur aufgeregt. Man durfte sie nicht aufregen, weil sie dann gleich mit ihrem Herz kam. Und mein Vater stellte sich an, als ob ich ihm eine Schande gemacht hätte, da durfte ich natürlich schon gar nichts sagen. Und später?

Sie nimmt ihre Hände zurück: Später ist Krändel gekommen und hat sich das alles angehört. Schließlich sind wir zusammengezogen, und dann haben wir einmal geheiratet. Als das Kind kam. Ich habe geglaubt, er würde zuhören können.

Johanna lacht; ihre Stimme klingt nicht bitter, nur unbestimmt so, daß du weißt, daß etwas nicht in Ordnung ist. Die Kellner sind in Bewegung geraten: sie teilen neue Bestecke und Servietten aus und bereiten sich vor auf den Ansturm zum Abendessen. Es fällt Johanna ein, daß sie gehen muß. Und jetzt geschieht es, daß ich sie wieder verstimme.

Es stellt sich nämlich heraus, daß wir beide nicht genug Geld haben, um den Wein zu bezahlen, und ich muß sie sitzenlassen; ich laufe rasch in die Wohnung, um sie auszulösen. Als ich außer Atem zurückkehre, begrüßt sie mich kaum. Während ich die Rechnung bezahle, steht sie schon auf, und als ich aufgestanden bin, ist sie schon in ihrem gestrickten Mantel und fast am Ausgang, wo sie den Ofen betrachtet, als gäbe es gar nichts anderes.

Ich versuche, sie meinerseits zu hänseln: Vergiß nicht, daß du mir jetzt etwas schuldig bist.

Natürlich mißlungen: wir trennen uns vor der Tür, und sie sieht mich nicht einmal an, und während sie hastig ihr *Tschüß* ruft und ihre Absätze auf dem Trottoir klappern, wird ihr Mund so schön, daß ich ihn küssen möchte.

X

Vor dem Arbeitsamt stehen ein paar junge Frauen, die Flugblätter von der DKP verteilen.

Im Treppenhaus hängen Photos von Leuten, die aussehen, als ob sie ihre Traumberufe gefunden haben.

Deinem Vater, höre ich meine Mutter sagen, würde das nicht passiert sein.

Sie ruft jetzt wieder an jedem Sonntag an und kann sich nicht vorstellen, daß ich alles lassen will, wie es ist.

Mein Vater hatte Verbindungen. Aber dann fällt mir ein, daß er es nie soweit gebracht hat, wie es meine Mutter wollte. Jetzt sagt sie, daß er seine Verbindungen nie für sich eingesetzt hat. Sie erinnert sich an die spanischen Arbeiter, denen wir geholfen haben. Wir: sie sagt immer wir in solchen Situationen, auch wenn sie mich daran erinnern will, was mein Vater für mich getan hat.

Unser einziger Fehler ist gewesen, daß wir uns haben ausnützen lassen. Wir haben nicht gewußt, wie undankbar die Leute sind.

Undank ist der Welt Lohn. Wenn es meine Mutter sagt, hört es sich nicht mehr an wie ein Sprichwort, sondern wie eine Entdeckung, die sie für sich allein gemacht hat, eine bittere, schwere Erfahrung, die nicht enden will.

Ich sitze vor der Stelle, die für mich zuständig ist, und warte. Einmal höre ich hinter mir einen Mann schreien; die Stimme der Angestellten, die auf ihn einredet, geht in diesem Geschrei unter. Ich habe mich nicht umdrehen wollen, aber dann, als das Geschrei nicht enden will, habe ich mich doch umgedreht. Die Angestellte hat es schließlich aufgegeben und ist in ihr Zimmer zurückgegangen. Der Mann, vor der geschlossenen Tür, schimpft immer noch. Die Leute, die im Flur stehen, schauen an ihm vorbei. Wahrscheinlich sind sie froh, wenn der Mann endlich geht und sie selber drankommen.

Zu mir ist man höflich. Die junge Frau, die mir die Formulare aushändigt, sagt nur: Sie hätten sich gleich melden sollen. Aber es klingt nicht wie eine Ermahnung, es klingt fast tröstlich, als würde das Arbeitsamt alle meine Probleme jetzt lösen.

Ich werde einen Antrag auf Arbeitslosenhilfe stellen und weiß, daß das nur eine Formsache ist, denn ich weiß schon, daß man diesen Antrag ablehnen wird, weil ich nicht im letzten Jahr in Deutschland gearbeitet habe.

Sie fragt mich, ob ich nicht auch Formulare für die Zentralstelle in Frankfurt mitnehmen will.

Ich sage ihr, daß ich schon einmal ein Jahr arbeitslos in Frankfurt gemeldet gewesen bin. Ich sage: In dieser ganzen Zeit haben die Frankfurter nichts für mich tun können. Und seither ist der Arbeitsmarkt ja nicht gerade besser geworden.

Ich bin ein angenehmer Mensch. Ich habe keine weiteren Fragen. Ich sage ihr, daß ich der Überzeugung bin, man müsse sich seine Stelle selber suchen. Ich habe in der Zeitung gelesen, daß die Arbeitgeber diese Überzeugung teilen. Sie glauben, einer, der vom Arbeitsamt vermittelt werde, sei ohnehin zu keiner besonderen Leistung fähig.

Die Frau bringt mich noch bis zur Tür und wünscht mir alles Gute.

Ich habe das Gefühl, daß ich zum Ausfüllen der Formulare tagelang brauchen werde, obwohl ich eigentlich keine Zeit dafür habe. Aber das geht vorüber.

Ich werde Unterlagen von meiner Mutter brauchen. Sie wollen zum Beispiel wissen, was für ein Einkommen meine Mutter hat. Und meine Mutter wird sich aufregen, weil sie krank ist und die Unterlagen nicht selber zur Post bringen kann.

Natürlich sind diese Unterlagen für die Ablehnung meines Antrags unerheblich.

Ich bin froh, daß ich mir sagen kann, der Antrag sei nicht ganz sinnlos; als Arbeitsloser kann ich wieder in meine Krankenkasse eintreten, wo seit Amerika meine Mitgliedschaft ruht.

Ich denke häufig an Johanna und frage mich, was sie über Lisa wissen könnte. Einmal träume ich, daß sie mir einen Pullover strickt, den ich schon anhabe. Sie kann mich nicht fortschicken, als eine Freundin kommt, die mit ihr reden will.

Über meinen Vater schreibe ich nichts. Ich lese in seinen Büchern über den spanischen Bürgerkrieg ohne mir wirklich einzubilden, daß ich dort einen Anfang finden kann.

Ich schlage Lisa vor, daß wir endlich nach dem Buch üben, das sie mir in die Schweiz mitgegeben hat. Sie zuckt die Schultern, als ob es ihr gleichgültig wäre. Oder ich möchte ihr vorlesen, was ich bis heute geschrieben habe: es interessiert sie nicht. Sie ruft es fast wütend, und ich komme mir vor, wie einer, der sie belästigt. Oder sie knallt die Türe zu ihrem Zimmer zu, weil sie im Büro ein Projekt vorbereiten muß, das über die Arbeitszeit geht. Es beschäftigt sie auch an den Wochenenden. Dafür verspätet sich Lisa, oder, wenn sie früher nach Hause kommt, bringt sie die Ordner aus dem Büro mit, die sie bei ihrer Berechnung der neuen Tarife braucht. Mit ihrer Arbeitszeit gerät sie in Rückstand. Die Leute, mit denen sie in einem Zimmer sitzt, unterhalten sich. Lisa fürchtet, daß sie sich isoliert, wenn sie die Gespräche nicht mitmacht, oder sie fürchtet sich vor Gesprächen, die hinter ihrem Rücken stattfinden. Sie kommt nicht weiter. Später wird sie mir vorwerfen, daß ich ihr einmal gesagt habe, das Buch, das sie mir in die Schweiz mitgegeben habe, tauge nichts. Einmal, als sie nach Hause kommt, ist sie so erschöpft, daß sie auf dem Küchenfußboden sitzenbleibt.

Sie will nicht reden und sagt, daß sie müde ist. Ich kann

nicht von ihr lassen und sage: Wir wissen doch beide, daß das nicht stimmt. Dann weint sie, ohne sich von mir trösten zu lassen, was mir das Gefühl gibt, überflüssig zu sein. Warum lege ich es darauf an, von Lisa gebraucht zu werden? Du möchtest nur etwas Besonderes sein, will ich ihr einreden. Es kommt aber nicht darauf an, daß man etwas Besonderes ist. Ja, die Vorstellung, Lisa diese Behauptung beweisen zu müssen, bringt mich dazu, auch noch zu behaupten, es komme nur darauf an, was man für sich selber gewesen sei, und sie fragt mich natürlich, was sie denn sein kann, wenn sie nichts für die anderen ist.

Ich sage: Du bist doch etwas für mich.

Sie bringt mich zum Schweigen, indem sie fragt, was sie denn für mich bedeute.

Und jetzt kommen auch die Vorwürfe, die ich lange erwartet habe: Du hast gut reden, du. Du, der du dir alle Möglichkeiten mit deinem Buch offenhältst. Du, der du dich nach Herzenslust mit dir selber beschäftigst.

Sie wirft mir die Freiheit vor, die sie mir ermöglicht hat. Ich greife sie wegen ihrer vielen Bekannten an, ihrer Freunde aus dem Büro.

Als Hausfrau bleibt man isoliert: Meine Gespräche beschränken sich meistens auf Worte, die in den Läden gewechselt werden, wo ich einkaufen gehe. Ich denke manchmal daran, einen Nachbarn zum Tee einzuladen – es gibt eine alte Frau, bei der ich fast eine Verpflichtung dazu verspüre –, aber dann lasse ich immer wieder die Gelegenheit aus, denn ich wüßte auch nicht, was wir reden sollten.

Warum fragst du nicht einfach Krändel? will Lisa wissen. Sie ist sicher, daß Krändel sich freuen würde.

Ich rufe, daß ich das einfach nicht glaube.

Ich klage darüber, wie monoton meine Arbeit ist. Aber das Schlimmste ist, daß sie keine Spuren hinterläßt: die Betten, die man am Morgen gemacht hat, sind am nächsten Tag wie zuvor durcheinander gewühlt, der Wäschekorb, einmal geleert, füllt sich immer wieder, das Geschirr aufs neue beschmutzt, und der Staub, den ich abgewischt habe, kehrt zurück, als habe es mich nicht gegeben.

Lisa lacht über die Vorstellung, daß ich, wie sie sagt, ein armes Haustierchen bin.

Später kommt es so weit, daß ich die Arbeit im Haushalt aufgebe, obwohl ich nichts anderes tue.

Es ist eine Aufgabe, die nach und nach geschieht, aus dem Gefühl heraus, daß ich dafür zu müde bin.

Es fängt damit an, daß ich nicht mehr in Lisas Zimmer gehe. Dann kommen die Räume, die unsere gemeinsamen Räume sind. Das Bad verschmutzt, im Waschbecken Haare, und auf der Wanne zeigen sich braune, klebrige Streifen. In der Küche stapelt sich das Geschirr auf, das niemand abwäscht. Von einem Teller, der heruntergefallen ist, bleiben einzelne Scherben liegen, und die Tüten mit den Abfällen blähen sich auf, ohne daß einer sie wegträgt.

Ich werfe ihr vor, daß sie mir überhaupt nicht hilft; sie wirft mir vor – wahrscheinlich, daß ich alles verkommen lasse. Es sind Vorwürfe, die wir schweigend mit uns herumtragen.

Anfänglich haben wir manchmal an den Wochenenden versucht, noch einmal von vorn anzufangen. Dann sagt Lisa zum Beispiel, daß sie endlich lesen will, was ich schreibe, und ich begreife, daß ein Satz, den Lisa an einem Abend in schlechter Laune gerufen hat, nicht für immer gilt.

An solchen Wochenenden wird die Küche hergerichtet, oder ich werde von Lisa zum Essen eingeladen. Wir haben Zeit, um die Hände an unseren Körpern zu haben, in erfundenen Sprachen zu reden und uns zu küssen. Das Bad ist sauber, und wir bringen verschiedene Stunden in seiner Wanne zu und beklagen uns höchstens darüber, daß hier alles zu klein und nur zum Waschen gebaut ist; nicht für die Spiele, die wir uns gemeinsam ausgedacht haben.

Es ist eine Zeit, in der wir noch nicht bereit sind, uns unsere Schwierigkeiten zuzugeben.

Ich frage zum Beispiel: Warum wirst du immer am Abend munter, wenn ich völlig erschöpft bin?

Wir machen uns die Vorstellung zurecht, daß wir einfach zu zwei verschiedenen Tageszeiten leben. Über diese Vorstellung lachen wir.

Und wenn wir uns nicht solchen Vorstellungen hingeben, reden wir uns mit Eifer ein, daß wir Fortschritte machen.

Wir machen Fortschritte, weil wir die Übungen machen, die uns Lisas Buch vorschreibt.

Aber dann kommen uns die Übungen lächerlich vor. Auch das ist ein Fortschritt.

Ich sage: Es kommt mir so künstlich vor, wenn man auf diese Weise an unsere Beziehung herangeht.

Nach dem Buch, sagt Lisa, wäre es auch am besten, wenn man mit jemandem übt, zu dem man keine Kontakte gehabt hat.

Ich gebe zu, daß ich das nicht ertragen könnte. Das ist ein Fortschritt.

Es gibt zum Beispiel eine Übung, wo sich ein männlicher Partner am Glied streicheln läßt; er muß dem anderen sagen, daß der aufhört, bevor es ihm kommt, während er gestreichelt wird. Auf diese Weise soll gelernt werden, daß man seinen Orgasmus verzögert, bis man ihn gleichzeitig mit seiner Frau erlebt.

Natürlich zeigt es sich bald, daß unsere Vorstellungen Illusionen sind.

Zum Beispiel: seit ich daran denke, daß Lisa vielleicht nichts erleben kann, weil ich mich nicht richtig bewege, kommt es mir selber nicht mehr. Oder liegt es daran, daß Lisa sich an mir festklammert und keine Bewegung mehr zuläßt?

Auch solche Fehlschläge sind in Lisas Buch berücksichtigt. Es heißt allgemein, daß man, wenn man etwas tut, nicht daran denken soll, was man tun will. Es kann dann nur immer schlimmer werden, schreibt Lisas Buch.

Das sieht dann so aus, daß die Wochenenden, an denen Lisa keine Zeit hat, immer häufiger werden. Jetzt habe ich es mir so eingerichtet, daß ich auch an den Wochenenden mit irgendetwas beschäftigt bin.

In Wirklichkeit bin ich natürlich meistens nicht wirklich beschäftigt: ich erinnere mich etwa, daß ich an einem bitterkalten Tag mit dem Fahrrad hinaus zum Schleißheimer Schloß fahre. Es ist so kalt, daß ich immer wieder anhalten muß, um mir die Finger zu wärmen, die in den Handschuhen von der Kälte wehtun. Ich erreiche endlich das Schloß und besichtige die plumpen Porzellanfiguren, die in Lustheim ausgestellt sind. Ich tue es mechanisch, ohne innere Beteiligung. In einem der Kellerräume ist eine Frau zusammengebrochen. Ich bleibe anwesend, ohne hinzuschauen, bis sie endlich davongetragen wird. Wärter haben die Köpfe zusammengesteckt. Irgendwo bellt ein Hund auf. Ohne je bis zum Schloß selber zu kommen, stapfe ich durch den Schnee im Park, nur um darauf zu warten, daß es später wird. In der Dunkelheit, als ich zurückkehre, Angst davor, auf der Straße von einem Auto erfaßt zu werden, die mit überhöhter Geschwindigkeit fahren.

An einem dieser Wochenenden habe ich festgestellt, daß es nichts mehr anderes gibt, was ich beschreiben könnte, nichts anderes als diese Wochenenden mit Lisa, diese Wochen und Wochenenden mit Lisas Abwesenheit. Ich denke darüber nach, ob ich es Lisa sagen sollte, während wir dem anderen zusehen, wie er die Wohnung verkommen läßt, und erbittert schweigen.

XI

Die Stimme meiner Mutter am Telephon hat sich verändert. Sie gibt sich Mühe, Hochdeutsch zu sprechen, und es klingt steif, gezwungen und unbeholfen. Es ist eine Sprache, die uns beiden fremd ist; und mir gibt sie das Gefühl, daß ich an dieser Entfremdung schuld bin.

Sie kündigt mir etwa an: Im Mai werde ich mit deiner Tante nicht in den Schwarzwald fahren. Sie sagt *deine Tante* und meint ihre Schwester damit. Sie macht eine lange Pause, in der ich alles mögliche sagen könnte, aber ich sage nichts. Ich frage sie nicht, ob sie sich mit ihrer Schwester gestritten hat. Manchmal, wenn die Schwestern meinen, sie hätten sich gegenseitig genug gekränkt, wird meine Mutter sagen, daß sie ihre Schwester nicht mehr sehen will. Ich erinnere mich, wie sie sich beide, jede für sich, über die andere beklagt haben, als ich sie zum letzten Mal sah; meine Tante über die unablässigen Forderungen meiner Mutter, die nicht einsehen kann, warum sie nicht alle erfüllt werden, und dann, wenn eine Enttäuschung eintritt, ausfallend und beleidigend wird; meine Mutter über die Tante, die sich nicht einmal ihrer Schwester gegenüber beherrschen kann; meine Tante, die sonderbar wird und ihrer Schwester durch ihre Umständlichkeit das Leben schwermacht.

Schließlich, nachdem ich lange genug geschwiegen habe – du sagst nichts, sagt sie, und es klingt, als hätte ich ihr durch mein Schweigen recht gegeben –, erklärt sie mir, was sie sich deshalb ausgedacht hat: Weil ich nicht in den Schwarzwald fahre, sagt sie, mußt du mich im Mai ja auch nicht mit dem Auto abholen – wir haben kein Auto, aber sie hat mit mir ausgemacht, daß ich einen Wagen mieten werde – und deshalb, sagt meine Mutter, könntest du mich doch in der Zwischenzeit einmal besuchen.

Sie möchte besucht werden. Aber das sagt sie nicht. Sie sagt, als ich weiter schweige: Schließlich hast du mir ja versprochen, daß du im Mai kommst.

Versprechen müssen gehalten werden. Während wir weiter reden, fällt diese Aussage ein paarmal, in der einen oder anderen Form.

Also, fragt sie, also, wann kommst du?

Und ich sage, daß ich jedenfalls jetzt nicht kommen kann.

Ich versuche, ihr das zu erklären: Es ist, weil ich mit Lisa Schwierigkeiten habe.

Was für Schwierigkeiten? will sie wissen.

Ich sage, daß ich ihr das nicht sagen möchte.

Aber warum nicht? ruft sie da. Ich bin doch deine Mutter.

Früher hat sie mir auch erzählt, daß ich für Lisa immer Zeit haben werde, während es bei ihr, wie sie sich ausdrückt, nicht mehr lange dauern wird.

Heute sagt sie: Ja, ich weiß, daß das bei euch jetzt alles ganz anders ist. Bei deinem Vater und mir ist so etwas nicht vorgekommen.

Ich frage sie, was sie damit sagen will.

Sie sagt: Bei uns konnte man eben noch das Vertrauen haben, daß man sich nie verläßt.

Und warum glaubst du, daß mein Vater dich nie verlassen hat? frage ich sie.

Es ist eine Frage, die ich mir oft selber gestellt habe, denn ich weiß, daß der Gleichmut, mit dem er ihre Angriffe ertrug, nicht echt war. Es war auch kein Gleichmut, den man spielt oder vortäuscht. Es war so, daß er es nicht besser gelernt hatte.

Er ließ sie reden, bis sie ihn aus der Wohnung trieb; er sagte: Ich komme wieder, wenn du dich dann beruhigt hast. Es klingt wie ein Satz, den man sich sorgfältig überlegt hat: die Wut meiner Mutter wird nachlassen, und sie wird schließlich zu mir sagen, daß ich meinen Vater zurückholen soll.

Ich weiß schon, wo mein Vater zu finden ist: er wird bei den Mülltonnen stehen oder am Kiosk, wo man die Trinker betrachten kann, oder er wird im Auto sitzen wie einer, der noch auf seinen Beifahrer wartet.

Ich laufe auf meinen Vater zu und einmal – ich bin mindestens zwölf – werde ich rufen: Du hast ja geweint, Papa.

Und er sagt: Unsinn, mein Junge. Wahrscheinlich, sagt er, ist mir etwas ins Auge gekommen.

Er sagt es laut, damit es die Nachbarin, die in der Nähe aus einem Teppich den Staub klopft, ebenfalls hören kann. Er sagt es laut und nimmt mich fest bei der Hand und zieht mich nach Hause zurück, daß es fast so aussieht, als ob ich derjenige gewesen wäre, der hätte ausreißen wollen. Er sagt es laut, aber seine Stimme zittert.

Meine Mutter sagt: Wir haben uns eben geliebt.

Wir haben uns eben geliebt, sagt sie, und deshalb ist dein Vater nicht von mir fortgegangen. Außerdem gibt es natürlich noch Grundsätze, was du – mein lieber Sohn – oft zu vergessen scheinst.

Du hast mir erzählt, daß du sehr unter ihm gelitten hast, sage ich. Sie lacht und kann sich daran nicht erinnern, und als ich sie daran erinnere, daß sie sich von ihm trennen wollte, als er in Untersuchungshaft saß, geht sie rasch auf ein anderes Thema über: Was willst du tun, wenn sich Lisa von dir getrennt hat? fragt sie mich.

In einem anderen Anruf sagt sie mir, daß sie das alles nur wegen mir ausgehalten hat.

Sie hat jetzt neue Gründe für meinen Besuch gefunden: etwa daß das Zimmer, das ich bewohnt habe, endlich geräumt werden muß. Ich möchte es leer darin haben, sagt sie, weil es dann weniger Arbeit gibt. Du kannst dir nicht vorstellen, wieviel Arbeit die Wohnung mir ohnehin macht.

Man kann es sich nicht vorstellen, sagt sie, wenn man gesund ist und sich wie andere Leute bewegen kann.

Meine Mutter hat die Idee gehabt, daß ich mich einfach von Lisa trenne: sie wird mich mit Geld unterstützen.

Sie erzählt mir von Leuten, die sie vor dreißig Jahren gekannt hat, und die jetzt eigens eine große Reise machen, um sie zu besuchen.

Andere Leute schicken meiner Mutter Einladungen. Sie lehnt die Einladungen ab wie die Besuche, die ihr zuviele Umstände machen. Einmal trifft sie im Wienerwald einen alten Freund, der sie fragt, wann ich mich wieder einmal sehen ließe.

Als ich dabei bleibe, daß ich sie nicht besuchen kann, beschimpft sie mich am Telephon, wie sie es früher gemacht hat, als ich noch klein war, und sie führt diese Selbstgespräche, mit denen sie sich damals in die Küche zurückzog.

Er ist eben undankbar, ruft sie. Dabei haben wir ihn so oft in München besucht.

Es sind Besuche, sage ich jetzt, die mir keine Freude gemacht haben. Erinnerst du dich, wie ihr euch auf die Wohnung gestürzt und alles sauber gemacht habt, egal wie sie aussah?

Später wird sie immer wieder darauf zurückkommen: Hättest du uns, wird sie rufen, nur gesagt, daß wir dir nicht recht sind. Wir hätten unsere Zeit weiß Gott besser verwenden können.

Ihre Anrufe werden häufiger. Das Telephon klingelt jetzt auch an Wochentagen, wenn ich noch im Bett liege und sie sich wundert, daß ich so spät aufstehe, oder abends, wenn ich gerade eingeschlafen bin; sie sagt mir: Ich wußte doch nicht, daß du so früh ins Bett gehst. Sie zeigt sich besorgt, daß ich viel zuviel schlafe: das ist kein gesundes Leben. Sie sagt, daß ihr meine unglückliche Kindheit leid tut, aber ihre Stimme klingt höhnisch. Sie kündigt mir ihren Besuch für den nächsten Tag an.

Und weil ich mich nicht freue und sie am Hörer warten lasse, ruft sie: Ich wollte ja nur sehen, wie du reagierst.

Wie früher habe ich das Gefühl, daß sie mich bei ihren Versuchen, noch einmal an meinem Leben beteiligt zu sein, einfach erdrücken wird. Ich habe mir aufgeschrieben, wie sie meiner Ansicht nach vorgeht. Ich kann mir also erklären, warum meine Mutter etwas tut, und meistens kann ich es auch voraussagen.

Ich befürchte, daß sie jetzt wieder sagen wird, daß ich undankbar bin. Es kommt so, wie ich es befürchtet habe, aber es hilft mir nicht: der Wunsch, vor ihr nicht als undankbar zu gelten, ist immer noch da.

Ich schreie, daß sie gerne kommen könnte, wenn sie alles an der Wohnung ließe, wie es nun einmal ist, wenn nicht alles, wie gewöhnlich, ihrem Tageslauf angepaßt werden müßte. Sie wundert sich und ist beleidigt, daß ich ihr überhaupt etwas in dieser Art unterstellt habe.

Andere Kinder, hält sie mir vor, besuchen ihre Eltern. Man ist doch, sagt sie, gern bei seinen Eltern. Warum es bei uns anders ist, kann sie nicht verstehen.

Ich sage: Du würdest dich anderen Leuten gegenüber nie so benehmen, wie du dich mir gegenüber benimmst.

Zähle ich irgendwelche Beispiele auf, lacht sie und behauptet, daß ich sie mißverstanden habe. Mir gegenüber, schließt sie, kann sie sich ja auch anders benehmen, weil ich immer weiß, daß sie es nicht so gemeint hat.

Ich weiß: in Wirklichkeit will sie nur verhindern, daß sie an Ostern allein ist. Aber darüber sprechen wir nicht; die gewöhnliche Sprache, in der es Bitten gibt oder Wünsche, in der Bitten oder Wünsche entweder erfüllt oder abgeschlagen werden, ist uns abhanden gekommen, und an ihre Stelle sind diese Verhandlungen über Gründe getreten: ja, es ist ein

Prozeß, in den wir uns weiter und weiter verstricken, Anklagen und Gegenanklagen, die wir nicht aussprechen, weil wir vielleicht das Gefühl haben, damit alles noch schlimmer zu machen, und die dann eines Tages doch ausgesprochen werden: bitter und ungerecht, weil der andere Angeklagte den Anlaß schon wieder vergessen hat. Und weil er sich der Schuld, die wir ihm aufrechnen wollen, nicht mehr bewußt ist, fühlen wir uns mißverstanden und hintergangen.

Es ist meine Mutter, die über meine Anklagen lacht; sie selber geht dazu über, daß sie sich hinter Anspielungen zurückzieht, die alles und nichts bedeuten; nichts, wenn ich wütend werde und sie frage, was sie gemeint hat: nichts, sagt sie.

Sie hat mir doch nur von einem Buch erzählt, in dem sie einen bestimmten Satz angestrichen hat.

Weil ich darauf nichts antworte, fragt sie mich, ob ich nicht wissen will, um welchen Satz es sich handelt.

Ich will es nicht wissen, weil ich mir denke, daß sie eine Anspielung machen will, aber sie sagt es mir trotzdem. Es ist, sagt sie, mit dem Menschen wie mit einem Klavier: man hört immer nur die falschen Töne.

Vielleicht liege ich damit falsch, wenn ich sage, daß sie damit ihre Situation in unserer Verhandlung, die nicht enden will, beschreiben möchte.

Jedenfalls schreie ich, daß sie einmal mit ihren Anspielungen aufhören soll. Ich will jetzt wissen, sage ich, worauf du hinauswillst: ich, sage ich, möchte mich wenigstens wehren können.

Und wieder höre ich ihr Lachen, ungläubig, überlegen und verwundert, wogegen ich mich denn wehren will.

Es ist ein schöner Satz, der Satz eines Dichters, den ich einmal geschätzt habe.

Sie fragt mich, warum ich denn alles gleich in den falschen Hals bekomme. Man hat ja Angst, sagt sie, dir irgendetwas zu sagen, weil du dich gleich über alles aufregst.

Und sie erinnert sich, daß ich früher schon unberechenbar gewesen bin: einmal, als sie mit mir Verstecken spielte, wäre ich plötzlich auf sie losgegangen und hätte sie in den Bauch gebissen, daß meine Zähne noch tagelang zu sehen gewesen seien.

Mein Vater würde jetzt sagen, daß meine Mutter anders gewesen wäre, als sie noch nicht krank war. Ich muß gestehen, daß ich das nicht glaube. Ich glaube nur, daß es eine Zeit gegeben hat, in der er sich von ihr ein anderes Bild machen konnte.

Ich mache mir gern ein anderes Bild von Lisa als das, was ich jetzt habe, aber ich werfe es ihr nicht vor, als ob sie sich früher etwa verstellt hätte.

Ich schweige jetzt, wenn meine Mutter wieder über Lisa sprechen will, oder ich weiche aus. Wahrscheinlich würde ich beginnen, mich ernsthaft zu fragen, ob es nur an mir liegt, daß ich überall Anspielungen meiner Mutter heraushöre, daß ich höre, wie sie mir Befehle erteilt, oder höre, wie sie ihre Wut, die sich eigentlich gegen andere richtet, an mir ausläßt, wenn es nicht immer noch Lisa gäbe, die ich nachts, wenn mich ein Gespräch mit meiner Mutter schlaflos zurückläßt, wecken kann; wahrscheinlich würde es mir helfen, daß Lisa mir einfach zuhört, wie sie es tut, wenn sie für eine andere Äußerung einfach zu müde ist: aber meistens hört sie mir nicht nur zu. Sie nickt, weil ihr meine Empfindungen gut bekannt sind; sie nickt, weil sie diese Empfindungen teilt.

Oder Lisa sagt etwas, das ich wunderbar finde. Ich sage mir, daß es von jemand stammt, der sich von seinen Eltern getrennt hat.

Das ist doch banal, sagt sie, als ich später versuche, mich an einzelne Äußerungen zu erinnern und sie genau wiederzugeben.

Sie hat ihre Nähschachtel hervorgekramt und sitzt an dem niedrigen Schreibtisch in ihrem Zimmer, um einzelne ihrer Socken zu stopfen. An der Lampe auf dem Tisch – es ist eine dieser Lampen, die man an der Tischkante festschrauben kann und die mich immer etwas an einen Kran erinnern – lehnt Lisas schöne Puppe und sieht ihr zu; das Licht von der Lampe läßt den Lack ihrer gemalten Augen glänzen und sie wie lebendig erscheinen.

Ich nehme die Puppe auf den Arm und spiele damit, als ich sage: Du hast es jedenfalls ohne fremde Hilfe geschafft.

Ich sage mir, daß mich Lisa gewissermaßen überholt hat, und das bewundere ich.

Ich bewundere sie; sie weigert sich aber und sagt: Du machst dir nur wieder ein falsches Bild von mir.

Aber warum denn? frage ich. Ich sage: Du willst dich ja nur nicht loben lassen. Und ich bewege die Arme der Puppe zu dem, was ich sage.

Sie sagt: Letzthin habe ich mich zum Beispiel heimlich mit meiner Mutter getroffen.

Ich will das nicht gelten lassen: Mit deiner Mutter, sage ich, hast du ja auch nie Schwierigkeiten gehabt.

Und Lisa beugt sich wieder über den Socken, den sie gerade stopft; die Nadel mit der Wolle fährt über dem Loch, das sich über dem Stopfei spannt, hin und her. Sie zuckt die Schultern.

Wird denn, fragt sie, zwischen uns etwas anders, wenn du mich für etwas bewunderst, was es nicht gibt?

Weil ich das erreichen will, was Lisa nach meiner Ansicht erreicht hat, lasse ich jetzt das Telephon klingeln, ohne es abzunehmen.

So kommt das nächste Wochenende heran. Ich habe mir vorgestellt, daß ich Lisa indirekt davon überzeugen kann, daß unsere Beziehung wieder in Ordnung ist. Das Chaos, in dem wir die letzten Wochen gelebt haben, ist verschwunden. Ich habe die zerschlagenen Teller ersetzt; fast hätte ich ein Service gekauft, aber keines gefunden, das mir wirklich gefiel und mir dann gesagt, daß ich meine Versuche nicht übertreiben darf wie früher, als ich es mit den Geschenken wie meine

Mutter gehalten habe. Ich habe Lisa damals Geschenke gemacht, die sie niemals hätte erwidern können. Ich glaube, daß das in unserer Familie wichtig ist; wir verstehen es nicht, von anderen etwas anzunehmen, und sorgen dafür, daß wir mit dem, was wir den anderen geben, immer schon einen kleinen Vorsprung haben, der sich nicht mehr aufholen läßt.

Lisa, die Anrufe für sich erwartet, nimmt das Telephon ab. Sie wird, sagt sie, meiner Mutter alles erklären.

Ich stehe im Wohnzimmer und sehe ihr zu, und ich möchte an ihrer Stelle sein.

Aber dann sagt Lisa nur, daß ich nicht zuhause bin. Ich weiß nicht, wann er zurückkommt, höre ich sie sagen.

Deine Mutter sagt dir, daß du sie anrufen sollst, richtet sie mir aus.

Ich fühle mich etwas im Stich gelassen; aber ich sage mir natürlich, daß Lisa recht hat: diese Auseinandersetzung ist nicht ihre Sache, und es wäre nicht gut, wenn sie von ihr übernommen würde.

Ich rufe nicht an, auch am nächsten Tag nicht. Das Telephon ist jetzt still. Ich sehe es häufig an, wenn ich ins Wohnzimmer komme, und manchmal trage ich es hin und her; ich stelle es auf den Teewagen und dann wieder auf den Boden oder auf das Polster, das in der Ecke am Fenster ist.

Das Schweigen bedrückt mich. Ich denke, daß es ein zorniges Schweigen ist, das Schweigen von jemand, dem es so vorkommt, als ob ich ihn im Stich gelassen habe, ohne daß er doch wissen könnte, warum.

Die Familienmitglieder haben ein Anrecht darauf, alles zu erfahren, auch wenn es für sie unangenehm ist. Ich glaube, Luise hat das gesagt, aber ich weiß natürlich auch, daß sich Luise an diese Regel nicht hält.

Es ist ein Schweigen, das ich nicht auflösen kann. Würde ich anrufen, jetzt, wo es zu spät ist, sage ich mir, würde sie mich nur anfahren, und die Zerstörung würde noch weitergehen. Am vergangenen Sonntag wäre mein Vater siebzig geworden. Es ist einer von diesen Tagen, an denen meine Mutter nicht allein sein möchte. Natürlich möchte sie überhaupt nicht allein sein, aber das ist es nicht. Ich habe mir manchmal gesagt, daß sie sich benimmt, als ob mein Vater noch lebe, und das mag in gewisser Hinsicht sein; nämlich dann, wenn sie sich vorstellt, es wäre ein guter Grund, um mich einmal nach Hause zu rufen. Es mag in gewisser Hinsicht so sein, aber es ist nicht die ganze Wahrheit. In Wahrheit sind wir wie Raupen im Winter erstarrt, lange ehe mein Vater starb; in diesem Zustand wollen wir davon träumen, die Zeit wäre stehengeblieben, und es ist komisch, daß immer noch etwas geschieht, komisch und eigentlich ärgerlich, weil alles an uns vorüberläuft wie ein Film, den niemand anhalten will, obwohl seine Tonspur schon längst gerissen ist. In diesem Zustand würde man wütend, wenn man wüßte, was man versäumt hat; man träumt von Ereignissen, die sich nicht mehr ereignen können, und nimmt sich Dinge vor, die man nicht einhalten kann, um sich dann zu bestrafen, wenn man sie nicht erreicht hat.

Meine Mutter in der Gewißheit, daß ich sie anrufen muß, hält es bis zum Donnerstag aus.

Wieder ist es Lisa, die den Hörer abnimmt – Krändel, sagt sie, und ihre Stimme ist vorwurfsvoll, hat sie im Büro angerufen, weil er mich nicht zuhause erreichen konnte – und wieder hat sie sich angeboten, daß sie mit meiner Mutter sprechen wird. Aber diesmal sage ich ihr, daß ich auf den Anruf vorbereitet bin.

In Wirklichkeit habe ich mir nichts Bestimmtes zurechtgelegt und weiß nur, daß ich nicht länger schweigen will.

Sie sagt, daß es ein trauriger Geburtstag gewesen ist für sie, und sie beginnt sich wieder zu fragen, warum er es denn gewesen ist, der so viel zu früh starb, und nicht sie.

Während sie spricht, sehe ich aus dem Fenster hinaus, wo ein leichter Schnee fällt. Gerade gegenüber ist ein Weg, der zwischen den Häusern durchführt und diese Straße mit der nächsten verbindet. Auf dem Weg steht eine Kastanie, die der Winter kahl gemacht hat. Alte Herren gehen mit ihren Hunden und unterhalten sich. An den Behältern bleiben sie stehen und schauen an dem Gerüst hoch, von dem ein Rohr oder Schlauch herunterführt, durch das an den Wochentagen donnernd der Schutt fährt. Der Schutt füllt die Behälter, die sicher schon manchmal ausgetauscht worden sind. Das Gerüst ist schon viele Monate da. Die Herren bleiben stehen, als könnten sie dadurch verhindern, daß sie den Umweg um die Baustelle machen müßten. Die Hunde, kleine gefleckte Köter, die keine bestimmte Rasse haben, springen aufgeregt hin und her. Und mir fällt die Angst vor den Hunden ein, die ich als Kind gehabt habe, und wie oft meine Mutter damals damit gedroht hat, daß sie mich verläßt. Natürlich hat sie nicht mir, sondern meinem Vater gedroht, und davon, daß sie fortgehen wolle, hat sie auch nicht gesprochen.

Sie hat uns angekündigt, daß sie sterben werde, vielleicht an einem Unfall. Es gab viele Arten des Todes, die sie sich ausgemalt hat. Sie sprach davon, ohne uns zu beachten, und wir suchten nach Argumenten, mit denen wir sie hätten widerlegen können, und wir sahen uns gezwungen zu lügen, die Argumente zu erfinden, denn es gab keine. Mein Vater, der nicht aufhören wollte zu reden, hat sie in seine Arme genommen.

Meine Mutter stößt ihn zurück. Sie hat ja noch diese Tabletten aus dem Krieg, sagt sie, mit denen sie sich vergiften kann. Sie kann sich vergiften, weil wir in Wirklichkeit nichts von ihr wissen wollen.

Und wenn ich sage, daß das nicht stimmt, lacht sie bitter auf. Es ist eine Glasröhre, die sie immer bei sich hat. Sie trägt sie in ihrer Handtasche, einem alten Modell aus weißem Leder, wie man es früher an Frühlingstagen getragen hat. Es ist diese Handtasche, die sie uns jetzt entgegenstreckt. Sie nimmt die Röhre heraus, die keine Aufschrift erkennen läßt, und geht damit ins Bad und läßt uns im Wohnzimmer sitzen.

Sie hat das Glas Wasser in ihrer Hand, als wir ihr gefolgt sind. Die Röhre mit den Tabletten ist ungeöffnet. Sie umschließt sie mit ihrer linken Hand, während die Auseinandersetzung mit meinem Vater noch einmal beginnt. Er wird es nicht wagen, sie anzufassen, und sie wird ihm nichts mehr erwidern, sondern sich damit begnügen, daß sie ihren Kopf schüttelt.

Aber schließlich ist er so verzweifelt, daß er mit ihr eine Art Ringkampf anfängt, an dem ich in meiner Erinnerung undeutlich beteiligt bin. Jedenfalls stehe ich schließlich allein im Badezimmer und habe die Röhre mit den Tabletten in meiner Hand.

Während ich noch überlege, was ich damit hätte tun können, kommt mein Vater ins Bad zurück.

Er schüttet den Inhalt der Röhre in die Toilette und spült.

Er sieht, daß ich weine.

Er streicht mit der Hand über meinen Kopf und sagt etwas wie: Sie kommt sicher zurück. So erinnere ich mich wenigstens, denn wahrscheinlich hat er ja etwas gesagt, das zu dieser Stimmung, die er nicht leiden kann, nicht passen will.

Er muß mir erklären, daß ich jetzt nicht zu meiner Mutter kann, und ich habe damals so wenig verstanden.

Ich möchte, sage ich meiner Mutter, daß wir uns jetzt verstehen.

Ich möchte, sage ich, daß wir uns niemals streiten.

Ich möchte, sage ich, daß du mir einige Wochen Ruhe gibst.

Die Telephongespräche, sage ich, machen mich krank.

Ich sage nicht, daß ich glaube, daß es solche Gespräche sind, die meinen Vater krank gemacht haben. Ich denke, daß man immer selber beteiligt ist, wenn man sich schließlich in eine Krankheit zurückziehen muß.

Meine Mutter ruft, daß ich sie sicher wieder beschuldigen will.

Ich sage: Ich glaube nicht, daß in einer Beziehung Fragen

nach Schuld oder Nichtschuld sinnvoll gestellt werden können.

Sie ruft, daß sie auf der Stelle eine Erklärung für mein Verhalten will.

Du weißt, daß du mit mir nicht redest wie mit anderen Leuten, sage ich.

Und ich versuche ihr zu erklären, was ihre Anspielungen und ihre Befehle für mich bedeuten.

Darüber lacht sie, wie sie immer darüber gelacht hat.

Wenn du sagst: Geh zum Arbeitsamt, kümmere dich um die Rente, um Gottes willen, und versprich mir, daß du in deiner öffentlichen Krankenversicherung bleibst, sage ich, sind das für mich Befehle. Ich weiß nicht, wie du es anders nennen willst.

Sie antwortet: Aber ich will doch immer nur das Beste für dich.

Ich sage ihr, daß es nicht immer entscheidend ist, was sie will. Entscheidend ist doch nur, sage ich, was du tust.

Und wie immer ruft meine Mutter, daß ich sie verkenne. Aber das genügt ihr nicht. Sie kommt auf die Papiere zurück, die ich von ihr verlangt habe, damit ich meinen Antrag auf Arbeitslosenhilfe stellen kann.

Du hättest wenigstens, klagt sie mich ihrerseits an, einen kleinen Gruß dazu schreiben können, als du sie mir zurückgeschickt hast. Ich glaube, du kannst dir nicht vorstellen, wie schwer es mir fällt, einen Brief zur Post zu bringen.

Meine Mutter kann nicht gut gehen, aber es macht mich wütend, daß sie immer mit diesem Argument recht behalten will. Solange ich zurückdenken kann, hat sie immer mit diesem Argument recht gehabt. Ich sage: Versuche einmal, meinen Standpunkt einzunehmen.

Das versucht sie die ganze Zeit, sagt sie. Aber es ist unmöglich.

Ich gebe dir, sage ich, drei Wochen Zeit, ehe ich wieder anrufe.

Ich lege den Hörer auf, und es dauert nicht lange, bis das Telephon wieder klingelt, immer wieder, vielleicht über einen ganzen Abend lang.

Wir sitzen in Lisas Zimmer, wo das Telephon nicht mehr zu hören ist.

Ich habe mich einmal darüber hinweggesetzt, daß ich mich vor meiner Mutter rechtfertigen muß, und der Prozeß ist unterbrochen worden.

Aber kann er aufhören, wenn ich meine Mutter dabei verliere; kann ich meine Mutter verlieren und mir dabei vorkommen wie ein Gewinner, wie jemand, der seine Fortschritte macht?

Lisa weiß keine Antwort.

XII

Sie haben oft über seine Pensionierung gesprochen. Meine Mutter, die sich nicht vorstellen kann, wie sie es den ganzen Tag in der Wohnung mit ihm aushalten wird, schlägt ihm vor, er soll doch vielleicht eine Stelle annehmen. Aber welche Stelle, fragt mich mein Vater, würde es mir erlauben, zu ihr zu fahren und etwas für sie zu erledigen, wenn sie es gerade will?

Es scheint ihm selbstverständlich zu sein, daß er nachgibt. Er hat auch daran gedacht, eine kleine Wohnung zu nehmen, um dort an seinen Erinnerungen zu schreiben. Er stellt sich vor, er könne ein falsches Bild über den spanischen Bürgerkrieg korrigieren.

Es ist der letzte Besuch, den er bei mir gemacht hat. Wenn sie nicht selber mitkam, um dafür zu sorgen, daß mein Zimmer ihren Vorstellungen genügte, schickte sie meinen Vater mit einer Liste von Aufträgen, was alles gemacht werden mußte. So ist es auch diesmal.

Er soll sie dann anrufen, um Bericht zu erstatten. Er ruft sie an und erstattet ihr Bericht, aber in Wirklichkeit führen wir keinen der Aufträge aus. Damit hat er sich abgefunden. Wir benützen die Gelegenheit, um miteinander zu sprechen. Wenn er telephoniert hat, verlassen wir das Zimmer, das wirklich verkommen und ein wenig ungemütlich ist, und ziehen in ein Lokal, wo wir auch nach dem Essen noch sitzen bleiben. Mein Vater sieht müde aus, das Gesicht, aus dem die Nase herausragt, ist wieder mager geworden wie auf den alten Photos, die aus den ersten Jahren nach dem Krieg stammen. Er sagt, daß er keinen Hunger hat. Das Wasser, das er sich jetzt bestellt, weil er kein Bier mehr trinken soll, schmeckt ihm nicht. Er verzieht sein Gesicht, wie ich es oft gesehen habe: zwei tiefe Falten ziehen sich von der Nase herunter, während die Lippen nach vorn kommen; der Mund wird zugespitzt, als ob es sich um einen Kuß handeln solle.

Ich sehe Flecken in seinem Gesicht und habe Angst, daß er sterben wird. Wenn es dir nicht schmeckt, sage ich, kann ich auch nichts essen. Das Hühnerfleisch auf den Tellern, die wir fortgeschoben haben, wird langsam kalt, ohne daß sich einer darum kümmert. Die braune Haut liegt um diesen kleinen, toten Haufen herum wie ein feuchter Lappen, der ihre Gestalt nicht mehr verbergen kann. Das Fett ist überall auf dem hohen Glas, an dem ich mich festhalte. Ich habe ihm versprechen müssen, daß ich nach Hause komme. Eine kleine Sache, sagt er, diese Krankenhausgeschichte; und im schlimmsten Fall wird es sieben Wochen dauern.

Ich knicke einen der Bierdeckel, die vor mir auf dem Tisch liegen und zerreiße ihn plötzlich. Aus den Lautsprechern kommt Schrammelmusik. Und auf einmal interessiert es mich, ob er, der so ruhig spricht, mit seiner Angst vor dem Tod schon fertig geworden ist, dieser Angst, die mich immer wieder gelähmt hat an schlaflos gebliebenen Tagen. Als ich ihn danach frage, jodelt der Lautsprecherchor in seiner ununterbrochenen Freude, und mein Vater lacht und macht einen seiner Späße. Weil ich nicht locker lasse, versucht er schließlich, einen weisen Spruch abzugeben. Er sagt: Noch lebe ich ja, und wenn ich tot bin, wird es mich nicht mehr geben. Wovor sollte ich mich denn fürchten?

Da nehme ich seine Hand und streichle mit dem Daumen seinen Handrücken. Zuerst sieht er mich unwillig an oder ängstlich, was denn die Leute sagen könnten, die an den Nebentischen ihre Hähnchen abnagen, und ich denke, er wird die Hand wegziehen, und halte die Hand fest, bis ich sicher bin, daß er mir nachgibt. Wir reden kein Wort mehr und sehen uns nur an, und ich sehe die weißen Stoppeln in seinem Gesicht, den hervorgetretenen Kehlkopf, der sich mühsam bewegt, die Haut, die gelblich und nicht mehr braun ist, wie ich sie früher zu allen Jahreszeiten gesehen habe. Seine Augen schwimmen in ihrem Wasser. Als wir gehen, kann ich meinen Arm um seine Schulter legen.

Draußen wird er sich wieder zusammennehmen. Wenn es kalt wäre, würde er sich vielleicht in seinen Mantel hüllen und beginnen zu traben, was mich immer an einen Jungen erinnert hat, aber es ist Juni und schwül, und zum Traben hat ihm vielleicht schon die Kraft gefehlt. Sein Gesicht ist ganz naß. Er ruft, daß er sich jetzt beeilen muß, wenn er noch zum Zug kommen will, und er rudert mit dem Arm, damit ich ihn nicht begleite, und die Nähe, die für Momente bestanden hat, ist schon fortgewischt. Jetzt ist er wieder der Mann, der eine Unruhe nicht versteht und ihr mit seinem Humor begegnet. Er geht auf die Bushaltestelle zu und schwenkt seine Aktentasche, obwohl er mit dem anderen Arm winken könnte; dann verschwindet er in dem Bus, ohne sich noch einmal umgedreht zu haben. Ich bin stehengeblieben und sehe im Stehen zu, wie noch ein paar Fußgänger laufen, um den Bus zu erreichen, der zischend seine Türen zuklappt. Er entfernt sich, und mein Vater ist nicht zu erkennen, und ich stehe und schaue vielleicht der Uhr zu, die nicht weit von der Haltestelle ist und Reklame für die Bank für Gemeinwirtschaft macht.

Später an diesem Tag habe ich meine Wohnung im elften Stock nicht mehr verlassen. Vielleicht hat es ein Gewitter gegeben und den ganzen Nachmittag über geregnet; ich weiß es nicht mehr. Ich weiß nur, daß ich mich geschämt habe, wie einer, der sich daneben benommen hat. Als wäre es darauf angekommen, auf keinen Fall die Regel zu verletzen, man solle Leute, wenn sie ins Krankenhaus gehen, nicht an den Tod erinnern, weil es sie so erschrecken könnte. In Wirklichkeit schämte ich mich natürlich für den Versuch, ein Gespräch mit ihm zu führen, das die Grenzen verwischt, die zwischen Männern bestehen sollen.

Jetzt, während ich das schreibe, scheint mir dieser Zustand der Scham durchsichtig wie ein alter Stich, und ich habe Zeit genug, um mir vorzustellen, daß ich sehr wütend geworden wäre über die Schranken, die zwischen uns als natürlich galten: ich schreie meine Wut heraus, solange mein Vater noch da ist.

(Lisa sagt, daß ihr meine Wut laut lieber wäre, als die Wut, die aus meinen Augen spricht.)

Und mein Vater, der mir die ganze Müdigkeit zeigt, in die ihn seine Krankheit getaucht hat, sagt: Du bist eben doch wie deine Mutter.

Jedes von meinen Eltern hat solche Erklärungen durch Vergleiche geliebt: wie mein Vater bin ich etwas schlampig und komme häufig zu spät nach Hause, weil ich zu lange mit Freunden rede, und wie er gebrauche ich dann zu meiner Verteidigung Ausreden, die meine Mutter nur allzu leicht als Lügen durchschaut; und wie meine Mutter kann ich beim Spiel nicht verlieren oder lachen, wenn mein Vater seinen Humor gebraucht und aus bitterlich Buttermilch wird. Und jetzt würde ich also auch ihre Wutanfälle bekommen. Mein Vater würde diese Wut spüren, mit der sie immer wieder gegen ihn anrennt. Es ist eine Wut, die er nicht verstehen kann. Er erklärt sie mit ihrer Krankheit.

Ich glaube, daß meine Eltern ihre gegenseitigen Erklärungen damals akzeptiert haben. Die Krankheit, die meine Mutter langsam lähmt, macht sie verzweifelt, und die Verzweiflung macht meine Mutter wütend. Uns wird höchstens die Hoffnung gelassen, daß sich die Krankheit hier und dort aufhalten läßt, aber ein anderes Ende als das, daß sich die Lähmung vollendet, können wir nicht erwarten, höchstens ein Wunder, über das sie manchmal spricht; manchmal, wenn sie sich etwa vorstellt, ich hätte Medizin studiert und das Geheimnis ihrer Krankheit entdeckt, die Multiple Sklerose genannt wird.

Wir haben uns nicht gestritten, mein Vater und ich. Und eigentlich tut es mir nicht einmal leid. Die Gerüste, die man sich aufbaut, um sich am Leben zu halten, sind zu stark, als daß sie ein einziger Wutanfall einreißen könnte. Während ich das schreibe, sind meine Erinnerungen deutlich wie ein Traum, in dem ich die Falten an seinem Gesicht sehe, wenn er lächelt; und ich weiß, daß in seiner Anwesenheit wirklich alles nur halb so schlimm ist. Aber ebensogut weiß ich, weil ich nicht träume, daß es ihn nicht mehr gibt; ich bin allein.

Ich bin allein. Wir haben uns nicht gestritten; ich habe Lisa fortgeschickt aus Angst, daß unsere Stimmen gegeneinander laut werden könnten, und die Worte, die wir nicht gesagt haben, bleiben anwesend wie Wasser, das an den Scheiben gefroren ist. Ich habe sie fortgeschickt; sie ist nach Berlin gefahren, ohne daß ich genau weiß, wo sie jetzt ist, denn ich habe offenbar die Adresse verlegt; sie wohnt bei einer Freundin, die inzwischen geheiratet hat, so daß ich ihren Namen nicht kenne.

Sonst würde ich Lisa anrufen, um das Gespräch fortzusetzen, wo wir damals aufgehört haben.

Übrigens, sagte Lisa, müssen wir uns noch darüber unterhalten, daß du Sachen machst, nur weil du glaubst, daß du mir damit einen Gefallen tust, nicht, weil du davon überzeugt bist, es sei so richtig.

Ich würde ihr sagen: Ich fühle mich überfordert. Für mich ist es so, daß du nicht nur willst, daß ich tue, was du verlangst, sondern daß ich das auch noch richtig finde.

Lisa hätte es richtig gefunden, daß wir alle zusammen reden. Ich habe es versucht.

Ich habe Lisa mit Erich zufällig auf der Straße getroffen, und ihre Hand, die auf seiner Hüfte lag, hat mir wehgetan. Sie hat uns einander vorgestellt, und ich habe ihm schweigend die Hand gegeben; ich habe ihn reden lassen, aber ich habe ihm in Wirklichkeit gar nicht zugehört. Ich habe es versucht, und die Art, wie ich es versucht habe, hat Lisa daran gehindert, daß sie Erich hinauf in unsere Wohnung brachte, um ein Gespräch zu führen, das keine Verletzung zurückläßt.

(Bitte: du bist nicht böse darüber, daß ich versucht habe, was du wolltest, sondern darüber, daß uns dieser Versuch mißlungen ist.)

Ich schwieg, während Erich, immer noch näher bei Lisa, redete, und die Fragen, die mir einfielen, schienen mir nutzlos zu sein.

Warum hätte ich wissen sollen, was genau zwischen Erich und Lisa vorgefallen war in der Zeit, als ich nichts von ihm wußte?

Lisas Zuneigung (hat sie das selber gesagt?) müßte jede solche Erinnerung löschen.

Jetzt denke ich, daß der Erich, der in Lisas Traum von der Bahnfahrt vorkam, dieser Erich war, oder daran, daß sie vielleicht zu ihm ging, nachdem wir uns am Weihnachtstag so gestritten hatten, und daß er zu den Männern gehörte, über die unser Streit ging. Dann war es sein Motorrad, das mich weckte, als er sie später zurückgebracht hat. Und sie kam in meine Arme, ohne daß ich etwas gemerkt hätte. Ich denke auch, daß die Puppe, die mir immer wieder so auffällt, ein Geschenk von Erich sein könnte, und würde mich lieber mit meinem Vater beschäftigen als mit diesen Gedanken. Nichts, was mir Lisa gestehen würde, ist schlimmer als diese Versuche, mit denen ich seit damals nicht aufhören kann, obwohl ich anderes möchte.

Damals: Wir sitzen uns in der Küche gegenüber, und Lisa wirft mir vor, daß ich ihrer Idee von einem gemeinsamen Gespräch zugestimmt habe ohne die wirkliche Absicht, mich zu beteiligen.

Ich glaube mich zu erinnern, daß Erich auch nicht sehr viel gesagt hat.

Du bist nicht zufrieden gewesen und hast gerufen, daß wir nicht einfach aufgeben sollen, sage ich.

Lisa kommt es so vor, als würde sie von uns beiden im Stich gelassen.

Ihr Gesicht ist starr und klein. Wenn ich den Arm ausstrecke, könnte ich es berühren, aber sie ist jetzt für mich wie eine Fata Morgana. Ich begnüge mich damit, ihre Bewegungen zu beobachten. Ich sehe ihr zu, wie sie sich bemüht, Nüsse zu knacken, die ihr immer wieder hinunterfallen und über den Boden fortrollen, ohne daß sie versuchen würde, sie aufzuheben.

Ich kann mich ihr nicht nähern, weil ich ihr böse bin.

Wenn man sprechen würde, stellt sie sich vor, brauchte keine Verletzung zurückzubleiben.

Ich kann es nicht fertigbringen, mich von Erich zu trennen, sagt sie: Ich kann jemand nicht einfach fortschicken, weil ich ihn nicht mehr brauche.

Er hat ihr sogar einen Heiratsantrag gemacht, damit er immer bei Lisa sein kann. Vielleicht habe ich Glück gehabt; er verlangt eine Nähe, die Lisa auf längere Zeit zu groß ist.

Sie spricht noch leiser als sonst und vielleicht, obwohl sie nur die Breite des Küchentisches von mir entfernt ist, höre ich einfach nicht, was sie mir sagen will. Ich erinnere mich an das Bellen der Radiosprecher um uns im Haus, das um diese Zeit unvermeidlich ist, als ob es Lisas Stimme gar nicht gegeben hätte.

Ich frage, warum sie ihn nicht mehr braucht. Und sie antwortet noch einmal: Du bist ja zurückgekommen.

In diesem Augenblick habe ich versucht, ungerecht zu sein: Aber ich bin, sage ich und stelle mich dumm, doch immer von meiner Mutter zurückgekommen.

Lisa nickt. Ihre Hand hat sich um die letzte Nuß geschlossen, die auf dem Tisch liegt. Die Nüsse sind unreif; ihre Kerne kleben in den Schalen und lassen sich schwer öffnen. Lisa schafft es nicht und setzt geduldig noch einmal an.

Auch damals ist die Geschichte mit Erich weitergegangen.

Ich war allein, erinnert sie mich, und du hast dich nicht gemeldet.

Ich versuche, Lisa die Nuß aus der Hand zu nehmen. Sie macht eine Handbewegung, die mich daran erinnert, wie oft ich ihr etwas wegnehme, weil ich einfach zu ungeduldig mit ihr bin und nicht warten kann, bis sie es selber schafft.

Einmal, als ich versuchte, dich anzurufen, sagt Lisa, hat mir deine Mutter gesagt, daß du abgefahren bist.

Ich höre mich sagen: Schließlich ist es ja auch gleichgültig. Ich glaube, ich meine damit, daß es mir gleichgültig sein soll, was nun einmal geschehen ist.

Sie sagt: Du brauchst doch nicht so zu tun, als ob es dich nichts angeht.

Aber ich bin nicht gleichgültig, wie Lisa anzunehmen scheint. In Wirklichkeit ist es etwas anderes.

Ich sage: Ich kann verstehen, daß du auf Erich Rücksicht nehmen willst. Aber ich glaube, daß es am besten für alle ist, wenn du dich jetzt entscheidest.

Es klingt, als ob ich eine Verhandlung führe.

Lisa ruft: Das sehe ich ja ein.

Ich gewinne.

Aber Lisa weiß nicht, was sie tun soll.

Ich würde schreien, aber ich weiß nicht was, und plötzlich sprechen wir nicht mehr über Erich, sondern über eine Reise, die Lisa machen soll.

Ich habe davon angefangen und immer weiter gesprochen, weil es mir das erstaunliche Gefühl gab, ich könnte Lisa helfen trotz allem, was in mir vorgeht; das macht mich glücklich, wie man vielleicht darüber glücklich wird, daß einem ein vielversprechender Plan einfällt.

Lisa muß einfach ein paar Tage aus diesem Büro heraus, wo sie Erich täglich sieht und ihr die Arbeit über den Kopf wächst.

Schon lange habe ich mir eine Reihe von Gedanken darüber gemacht, wie es ist, wenn man richtig reist; eigentlich ist es die Fahrt nach Mexiko, über die ich Lisa jetzt eine Art Vortrag halte.

Man lernt neue Leute kennen, man gewinnt ein neues Verhältnis zu sich selbst, usw.

Ich spreche nicht einfach in Lisa hinein; ich sehe sie an, während ich rede, und wähle den nächsten Satz danach aus, ob ich das Gefühl habe, sie sei mit mir einverstanden. So spreche ich von dieser Reise, bis Lisa sich anstecken läßt. Oh ja, sagt sie und steht dabei auf, ich könnte nach Berlin fahren. Ich habe in Berlin eine alte Freundin, weißt du, Nora.

Ich erinnere mich an Nora. Es war schwierig für mich, zum ersten Mal mit Lisa zu sprechen, weil sie immer mit Nora zusammensteckte. Aber ich lasse Lisa reden, als ob es mir gleichgültig wäre.

Sie sagt, sie könnte sicher Nora besuchen, die sie immer eingeladen hat.

Und weißt du, sagt sie, daß ich noch nie in Berlin gewesen bin?

Es wird dir sicher gefallen, sage ich.

Ich bin einmal dort gewesen, gerade in der Zeit, als ich Lisa kennenlernte, und habe ein Seminar besucht, das sich mit den Problemen der Stadt beschäftigte. Das Kuratorium Unteilbares Deutschland tagte zum letzten Mal, und ich habe die Reden, die wir alle hätten anhören sollen, vage im Ohr, während ich Lisa zusehe, die Anstalten macht, als ob sie auf der Stelle einpacken wolle.

Als Lisa mit Nora gesprochen hat, fällt ihr ein, daß ich Nora nicht leiden kann.

Es macht ja nichts, sage ich.

Aber du kommst doch mit, sagt sie.

Ich suche nach Argumenten, warum ich nicht mitkommen kann.

Vorwände, sagt Lisa.

Schließlich scheint es, als ob ich sie überzeugt habe, obwohl ich mir eigentlich selber nicht glauben kann.

Sie denkt vielleicht, daß ich eifersüchtig auf Erich bin und mich rächen will, aber das ist es nicht. Eifersucht, wie früher, würde mich unruhig machen. Aber ich bin nicht unruhig, und diese seltsame Ruhe, die mich erfüllt, läßt mich verzweifeln.

Es ist ein Zustand, der sich trotz aller Versuche nicht abschütteln läßt; ich bin nicht mitgegangen, obwohl Lisa auch später immer wieder danach gefragt hat und es mir bis zuletzt möglich gewesen wäre, mich anders zu besinnen; während ich sie zum Bahnhof begleite und später, wenn der Zug noch am Perron steht und wir uns die Hände durch ein Abteilfenster reichen und sie meine Hand nimmt, um sie in ihr Gesicht zu legen. Ich möchte dann schreien, aber es ist, als ob ich selber nicht anwesend wäre, auch jetzt, wo ich hier allein bin und über das alles schreibe und angeblich versuche, das Leben meines Vaters zusammenzubringen, und ein Gespräch mit meiner Mutter vorbereite, das ich nicht führen kann.

XIII

Mein Vater wird gefragt, wo er in der Zeit vom 1. 3. 1934 bis zum 29. 2. 1948 gewesen ist. Sie suchen nach einer polizeilichen Abmeldung *(Mir fehlt noch der Nachweis über den Zeitpunkt Ihrer Emigration. Falls Sie eine polizeiliche Abmeldung nicht besitzen, so genügt es, wenn Sie mir einen beglaubigten Auszug aus Ihrem Reisepaß übersenden, in dem ja der Zeitpunkt der Ausreise und Bestimmungsland vermerkt ist.)* oder nach einer Inhaftierungsbescheinigung *(Unter Umständen haben Sie noch eine Inhaftierungsbescheinigung oder gar eine Anklageschrift in Händen, mit der Sie den Nachweis führen könnten* – den Nachweis nämlich, daß er vom 31. 3. 1939 bis zum 30. 4. 1945 in Nordafrika in französischen Lagern interniert worden war.) oder nach einer Quittung oder nach Zeugen oder nach einer Anklageschrift.

Es ist eine Wiedergutmachungssache wie viele andere auch, in der mein Vater als Kläger gegen das Land Hessen auftritt. *(Bei der Verhandlung am 7. 3. 1963 war der Antragsteller selbst anwesend. Die Berichterstatterin fragte ihn, wie er sich nach seiner Rückkehr im Jahre 1945 nach Deutschland ausgewiesen habe, denn er habe ja angeblich seine sämtlichen Papiere verloren. Der Antragsteller antwortete, daß er in Hannover, seinem Heimatort, noch viele frühere Bekannte getroffen habe, die ihn hätten identifizieren können.)*

Es ist eine Wiedergutmachungssache. Aber Flüchtlinge erhalten keine Gelegenheit, sich polizeilich abzumelden, verlieren ihr Hab und Gut, ohne eine Quittung dafür zu bekommen *(Die Entschädigungsbehörde kann sich der Auffassung des Antragstellers, er habe seine Wohnungseinrichtung im Stich lassen müssen, nicht anschließen. Selbst wenn man unterstellt, daß der Antragsteller – wie er behauptet – heimlich floh, so hat er doch in keiner Weise glaubwürdig dargelegt, daß er seine Einrichtungsgegenstände und Bücher oder wenigstens wesentliche Teile davon nicht in die Obhut eines*

Dritten habe geben können, zumal er im Untermietverhältnis wohnte. Es muß auch unverständlich bleiben, warum der Antragsteller, wenn man seine Behauptung als wahr unterstellt, vom Emigrationsland aus die Einrichtung etc. ihrem Schicksal überließ und nicht den Versuch machte, eine Person mit ihrer Verwaltung zu beauftragen.), ihre Pässe werden bei der Einlieferung ins Lager ohne Nachweise eingezogen, und ihre Zeugen verschwinden, ohne einen besonderen Hinweis zu geben. Man müßte sie höchstens erfinden.

Und es wäre auch nicht gut, wenn man nicht in einem Lager gewesen ist, sondern im Widerstand mitgekämpft hat. In dieser Zeit hätte man auch die Möglichkeit gehabt, Geld zu verdienen, und die Wiedergutmachung wäre geringer.

Ich glaube, einen Prozeß, wie ihn mein Vater gehabt hat, hätte ich niemals durchgehalten, und ich bin sicher, daß ich ihn nicht gewonnen hätte.

Mein Vater hat ihn gewonnen. Natürlich ist es so, daß seine Wiedergutmachung nicht sehr groß ist, weil er vor dem Krieg nicht sehr viel gehabt hat (es ist schwierig genug, zu beweisen, daß er nach seiner Entlassung aus dem Walzwerk als Vertreter für Margarine gearbeitet und freiwillig Beiträge in die Sozialversicherung einbezahlt hat); sein durchschnittliches Einkommen beträgt nach amtlicher Schätzung RM 256,– monatlich.

Als Entschädigungszeitraum wurde die Zeit vom 1. 3. 1934 bis 28. 2. 1948 festgesetzt . . .

Bei einem Alter zu Beginn der Verfolgung von 25 Jahren ergibt sich demnach folgende Kapitalentschädigung:

Für die Zeit vom 1. 3. 1934 bis 29. 2. 1948
= 14 Jahre x 3072,– RM = 43 008,– RM
umgestellt gem. § 11 BEG i. V. m. § 41 der 3. DV-BEG = 8602,– DM.

Wenn es mir nicht um meinen Vater ginge, könnte ich natürlich über Fälle berichten, bei denen die Wiedergutmachung viel geringer ausfiel; fünfhundert Mark für drei Jahre

Haft in den Emsland-Lagern mit folgender Erwerbsunfähigkeit; Kommunisten sollen überhaupt nichts bekommen haben.

Ich sage das zu Lisa, die gerade von ihrer Reise zurückgekehrt ist und vor allem anderen sehen muß, was ich gearbeitet habe.

Das wirkliche Leben meines Vaters ist über der Wiedergutmachung allerdings verlorengegangen.

Wenn wir den Prozeßakten glauben wollen, war er bis Kriegsende in den Konzentrationslagern von Oran, Relizane und Camp Suzzonni Boghar eingesperrt, nachdem er im letzten Augenblick vor den Faschisten aus Spanien geflohen war, wo er gegen sie gekämpft hatte. Aber das ist nicht die ganze Wahrheit. Daß er in den Lagern war, weiß ich aus den Erinnerungen, die er mir als Kind erzählt hat, und warum hätte er mich als Kind belügen sollen? Aber in Wirklichkeit kam er noch vor Kriegsende frei, und der Kampf gegen die Nationalsozialisten ging weiter.

Anfang 1944 taucht mein Vater in London auf, wo sich die Exilleitung des Internationalen Sozialistischen Kampfbundes befindet. Es besteht ein Plan, über Hitlers Deutschland abzuspringen und die Machtverhältnisse dort umzustürzen, noch ehe das Land von den Alliierten besetzt werden wird.

Vier Leute werden in zwei Ausbildungskursen in England und Schottland auf diesen Einsatz vorbereitet, der niemals stattgefunden hat. Und zu diesen Leuten hat auch mein Vater gehört.

Ich habe seinen Namen in einer Dissertation gefunden, wo die Rolle des ISK im antifaschistischen Widerstand untersucht wird.

Mein Vater, sage ich, hat immer wieder von vorn angefangen.

Es ist dieselbe Hartnäckigkeit, die er später in dem Prozeß bewiesen hat. Aber dort kommt sie mir so verfehlt vor.

Er war geduldiger als du, sagt Lisa.

Aber es gibt eine Geduld, die sich nicht aushalten läßt. Man sagt auch, daß man Geduld haben soll, aber in Wirklichkeit hat man keine, und das Leben ist kurz.

Es hat fünfzehn Jahre gedauert, bis der Antrag meines Vaters entschieden worden war, und er hat eine Abfindung erhalten, wo er doch nach einer Wiedergutmachung gesucht hatte, die es nicht gab.

Lisa gehen meine Berichte näher als mir. Sie möchte sagen, daß es sie freut, wie ich mit meiner Arbeit weitergekommen bin; aber im Augenblick, sagt sie, fühle ich mich nicht danach.

Es würde ihr nicht gelingen, ihre Stimme so klingen zu lassen, wie sie es meine.

Es ist etwas wie ein Lob, das ich nicht gelten lassen will.

Ich gebe meiner Arbeit keine Aussichten auf Vollendung.

Aber warum? fragt Lisa.

Das Geld, das ich noch von Amerika her habe, geht langsam zu Ende. Lisa sagt, daß sie mir etwas leihen könnte. Ich weigere mich. Du, sage ich, zahlst doch ohnehin schon das meiste von der Miete. Außerdem frage ich mich, wann ich das Geld zurückzahlen könnte. Meine Mutter hat mir ebenfalls Geld angeboten.

Du hast sie angerufen? fragt Lisa.

Ich erzähle von dem Anruf meiner Mutter. Sie hat nach einem Vorwand gesucht, um das Gespräch wieder aufzunehmen, als sei gar nichts zwischen uns vorgefallen.

Meine Mutter fängt von dem Ausweis an, den sie mich hat photokopieren lassen. Hast du zufällig eine zweite Kopie? fragt sie mich. Ich brauche jetzt nämlich auch eine.

Und obwohl ich schon Nein gesagt habe, erzählt sie mir eine lange Geschichte, warum sie den Ausweis für das Finanzamt braucht. Schon sind wir mitten in einem Gespräch, in dem sie mich fragen kann, was ich zu Mittag essen werde. Und sie berichtet über ihr eigenes Mittagessen, ohne mir je zu sagen, um was es sich handelt: Obwohl es ja eigentlich teuer ist, sagt sie, habe ich mir das heute morgen einfach gekauft.

Es wird ihr schmecken. Eigentlich weiß sie ja, daß es sich für eine einzelne Person nicht lohnt.

Du fehlst eben, sagt sie. Ob ich nicht kommen will und ihr helfen, es aufzuessen?

Nachdem die entstehende Pause aufgebraucht ist, eine Frage nach Lisa.

Und dann spricht sie davon, daß sie mir doch Geld schikken könne.

Es ist doch besser, sagt sie, daß du es jetzt hast. Später wirst du es ohnehin erben.

Sie fragt mich, warum ich es denn nicht annehmen will. Es ist das Geld, sagt sie, das dich von Lisa abhängig macht.

Und ich fürchte mich davor, nicht mehr aus ihrem Gespräch herauszukommen. Meine Stimme ist heiser und laut, als ich sie unterbreche.

Ich erinnere sie daran, wie das letzte Telefongespräch ausgegangen ist, das wir hatten. Und meine Mutter lacht, weil sie mich nicht verstehen kann. Sie sagt: Ich kann doch wirklich nicht wissen, was du hast. Du regst dich immer gleich auf, und ich will dich doch gar nicht aufregen.

Sie soll über mich nachdenken, sage ich. Daß ich ihre neuen Fragen nicht beantworten kann, gibt ihr ein gewisses Gefühl der Überlegenheit und versöhnt sie fast. Sie bestimmt einen Tag, an dem ich sie anrufen soll. Ich rufe, daß ich sie anrufen werde, wann es mir paßt.

Sie hat natürlich schon Gründe bereit, warum ich an diesem Tag anrufen muß. Aber diese Begründungen will ich mir nicht anhören.

Ich schreie fast. Ich beherrsche mich nicht. Sie stellt das fest. Dann versucht sie es noch einmal und droht mir damit, daß wir überhaupt nicht mehr miteinander sprechen werden. Ich glaube wirklich, daß das am Ende das beste ist, sagt sie mir.

Auf dieses Gespräch hin hat mir meine Mutter später einen Brief geschrieben, ob sie mir nicht etwas schenken soll. Und ich weiß, sie ist traurig darüber, daß unser Gespräch mißlungen ist. Ich kann mir vorstellen, daß sie sich mit ähnlichen Vorwürfen quält wie ich selber. Das Geschenk steht für ihre Liebe, die sie mir gern beweisen möchte, denn sie liebt mich immer noch, wie man ein Ziel liebt, das man schon aus den Augen verloren hat: ihre Liebe ist blindlings und unzerstörbar.

Krändel, sagt Lisa, hat schließlich eine ganze Weile in einem Paukstudio gearbeitet, bis er seine Stelle bekam. Vielleicht kann er dir die Adresse vermitteln. Oder vielleicht findest du etwas anderes.

Es fällt mir jetzt ein, daß wir wieder die ganze Zeit über mich und nicht über Lisa sprechen, und ich frage sie, wie es Nora geht.

Hat ihre Hochzeit sie schöner gemacht? frage ich.

Nora hat ein etwas plumpes Gesicht mit einer kurzen Nase und dem Anflug von einem Schnurrbart auf der Oberlippe, der mir etwas zu deutlich ist; dennoch schien es damals zwischen ihr und Lisa ausgemacht zu sein, daß sie die Schönere von den beiden war.

Nora konnte sich auch vor einen hinstellen und eine Erklärung darüber verlangen, ob es sinnvoll war, was man tut. Und in der Schule ist sie natürlich besser als Lisa gewesen.

Lisa sagt: Ich muß dir gestehen, daß ich nicht lange dort gewohnt habe.

Was ist denn passiert? frage ich.

Ich habe mir, sagt Lisa, ein Zimmer in einem Hotel genommen.

Ich vermute, daß sich die beiden gestritten haben.

Lisa sagt: Etwas in dieser Art. Ich stelle einfach fest, daß wir nicht viel mehr miteinander anfangen können. Eigentlich ist uns nichts zum Reden geblieben als ein paar gemeinsame Erinnerungen.

Nora, die Theologie studiert hat, arbeitet jetzt an einer Schule, wo sie Religionsunterricht gibt. Sie tut so, als ob es verächtlich wäre, in einem Büro zu arbeiten, und scheint nicht einmal zu begreifen, wie sehr sie Lisa damit angreift.

Und da, sage ich, bist du einfach in ein Hotel gezogen?

Ich sage: Ich werde aufpassen müssen.

Lisa schüttelt den Kopf. Ich sage nicht, daß ich sie bewundere. Ich sage auch nicht, daß mich ihre Erzählung froh gemacht hat und ich bemerkt habe, wie sehr ich die ganzen Jahre auf ihre Freundin eifersüchtig gewesen bin.

Überraschung, sage ich zu Lisa, als ich sie bei der Hand nehme. Wenn einer für den anderen etwas hat, sagen wir immer nur dieses Wort; es ist so wie eine Formel geworden. Sie muß mir folgen.

Auf dem Schreibtisch in meinem Arbeitszimmer steht ein kaltes Büfett. Die Schreibmaschine befindet sich jetzt auf dem Zeichenschrank, und das Bett, das nun hier ist, weil ich nach vorn heraus am Morgen, wenn die ersten Lastwagen kommen und die Motoren der frühen Arbeiter warmlaufen, nicht mehr lange genug geschlafen habe, das Bett ist ausnahmsweise gemacht oder jedenfalls mit einer schweren Wolldecke zugedeckt. Dort habe ich Lisas Puppe sitzen lassen. Für einen Augenblick nimmt Lisa sie auf und betrachtet sie, als ob sie uns stören würde. Ich habe auch einige Papierschlangen durch das Zimmer gezogen; sie hängen von den Bücherregalen herunter, und jetzt streue ich Lisa ein paar Konfetti ins Haar.

Lisa lacht; ich ziehe ihr den Pullover aus.

Es erinnert sie an den Zirkus Roncalli, den es für kurze Zeit in München gegeben hat. Er hat uns begeistert, wie Kinder vom Kasperlespielen begeistert werden. Wenn man das Zelt betrat, wurde man zum Empfang geküßt. Ich küsse Lisa. Dann entkorke ich eine Flasche Wein, und wir trinken auf eine Zeit, in der wir uns wieder sehr gut vertragen werden.

XIV

Im März war es immer noch kalt. Auch an den Wochenenden, an denen ich nichts zu tun fand (wir haben die Arbeit am Haushalt hauptsächlich auf die Wochenenden geschoben, weil wir sie jetzt häufig gemeinsam machen), hätte ich die Wohnung nicht mehr verlassen mögen. Aber Lisa hat mich dann umgestimmt.

Sie trägt eine gefütterte Jacke aus schwarzem Leder, die ich noch nie an ihr gesehen habe. Ich bin es nicht gewöhnt, daß Lisa etwas in dieser Art tragen könnte. Ich kann es mir nicht einmal vorstellen. Sie sagt, daß die Jacke ein Geschenk von Erich gewesen ist. Er wollte damals natürlich auch, daß wir zusammen Motorrad fahren, erzählt sie. Aber ich habe mir nie abgewöhnen können, Angst auf seinem Motorrad zu haben. Daß sie es mir erzählt und die Jacke trägt, ist vielleicht ein Zeichen dafür, daß wir wieder mehr Vertrauen haben zueinander.

Wir gehen bis zum Roncalli-Platz, wo ein Markt abgehalten wird für alternative Lebensformen. Es ist ein unbebautes Grundstück an der Gabelsberger Straße, wo einmal der Zirkus gestanden hat. Es grenzt an das neue mathematische und physikalische Institut der Universität an. Der Name Roncalli-Platz ist natürlich auf keinem offiziellen Stadtplan verzeichnet. Die Stände stehen im Norden des Grundstücks, eigentlich nicht, wo der Zirkus gewesen ist, sondern dort, wo die Barer Straße die Gabelsberger Straße kreuzt. Auf der anderen Seite liegt die alte Pinakothek, die mich immer nur an Rubens erinnert, in ihren von schmutzigem Schnee begrabenen Anlagen.

Der Boden des Platzes: Kies, Schneereste, Pfützen; wie auf einer Baustelle. Handbemalte Plakate, ein siebensitziges

Fahrrad. Ich lasse mich von Lisa ziehen. Sie bringt mich in eine Ausstellung über die Trinkwasserversorgung. Die Belehrungen auf den Tafeln kommen mir alt vor. Der Spiegel mit dem Gitter und der Aufschrift »Das gefährlichste Tier der Welt«, stammt das nicht aus dem Zoo? Lisa zuckt die Schultern, und ich weiß, was sie etwa denkt. Du, denkt sie, wirfst es den anderen natürlich vor, wenn du etwas schon weißt.

Wir begegnen einem jungen Mann, der vielleicht zwanzig ist. Er begrüßt Lisa. Wahrscheinlich kennen sie sich schon lang. Er erzählt, daß er die ganze Nacht beim Aufbauen geholfen hat. Die Müdigkeit und die Kälte machen ihn bleich, sein dunkles, gelocktes Haar hängt weit über die Schultern.

Du erkennst ihn nicht mehr, sagt Lisa. Es ist doch mein Cousin.

Er hat ein schwarz-weiß gemustertes Tuch um den Kopf gewickelt, das über die Schultern herabfällt. Lisa kennt es noch von Berlin her oder einfach, weil sie im letzten Jahr in Deutschland gewesen ist. Das Muster der Palästinenser, das jetzt auch in München überall auftaucht.

Ich hätte nicht erwartet, jemanden wie diesen Cousin unter Lisas Verwandten zu treffen, die man sich immer sehr brav vorstellt. Wahrscheinlich machen das ihre Gesichter. Das sind rundliche Gesichter mit Bäckchen, die ihr Lachen immer gutmütig aussehen lassen. Natürlich weiß ich auch, daß dieser Eindruck täuscht. Man könnte sich eher vorstellen, jemand wie Lisas Cousin würde unter diesen Verwandten gar nicht geduldet und wäre schon längst in einer anderen Stadt verschwunden.

In ihrem Gespräch taucht immer wieder der Name Moro auf; der italienische Präsident, der von den roten Brigaden entführt worden ist. Etwas in dieser Art könnte in Deutschland geschehen, und die alte Angst, die niemand zugeben will, diese Angst, die immer nur als Haß greifbar wird, würde unsere Straßen beherrschen. Deutschland, wie es nach der Entführung von Schleyer war, habe ich nur im Kino gesehen. Das Bild, das ich in meinem Kopf habe, ist älter. Es zeigt einen Lastwagen, der kurz vor dem Kolbheim in Franktfurt anhält, vor dem ich mit anderen auf Flugblätter warte, die vor Betrieben verteilt werden sollen. Es ist früh am Morgen. Und der Fahrer stößt die Tür auf – er sieht nicht auf uns, sondern auf die roten Transparente, die über die Front des Gebäudes hängen – und ruft, daß wir alle vergast gehören. In meiner Erinnerung bleibt der Fahrer ohne bestimmtes Gesicht, obwohl ich mir einbilde, ihn damals genau gesehen zu haben. Nur das Geräusch der Tür, das Brummen des Motors – Laute, die man überall gehört haben kann – sind jetzt in meinem Gedächtnis. Auch das, was Lisa mit ihrem Vetter geredet hat, weiß ich nicht mehr; ich denke, daß ich es niemals vernommen habe, weil ich abwesend und unbeteiligt dabeistand und wartete. Ich wartete, weil ich das Gefühl hatte, nicht mehr dazu zu gehören. Es ist ein Gefühl, das wahrscheinlich weniger die Sätze betrifft, die gesagt wurden – ich denke nicht, daß Lisa zum Beispiel hier eine Ansicht geäußert hat, die ich nicht eigentlich teile; das Gefühl betrifft einen selber. So muß es sein, wenn man jemals erkennen sollte, daß man alt geworden ist; es ist so, wenn man mit den anderen gleicher Meinung ist, aber gleichzeitig weiß, daß es einem auch nicht mehr hilft, diese gleiche Meinung zu haben.

Lisa diskutiert mit Menschen, die mir unbekannt bleiben, Lebensformen, die ich noch vor einigen Monaten für mich selber aus Kalifornien mitgebracht habe, als ob sie überall neu wären.

Ich wartete.

Ich dachte an meine Mutter.

Ich habe ihr nicht geschrieben, was ich von ihr geschenkt haben wollte.

Ich wollte mir von ihr nichts mehr schenken lassen. Sie schickte mir ein Paket: zwei Hemden, die ich eigentlich nicht mehr tragen möchte, weil sie kurze Ärmel haben und ihre Krägen abgewetzt sind, einen Satz von Plastikschüsseln, die man vielleicht in einem Kühlschrank verwenden kann, einen besonderen Löffel, zu dem noch ein Messer gehört. Er dient wohl zum Grapefruitessen. Die Ränder sind gezackt und scharf, und der Löffel läuft spitz zu, so daß er das Messer, mit dem man wohl in das Fruchtfleisch einschneiden soll, eigentlich überflüssig macht.

Meine Mutter hat mir nur ein Besteck geschickt, als ob es Lisa nicht gäbe. Dafür liegt in dem Paket eine kleine Haube, unter der man beim Frühstück die weichen Eier warmhalten soll; wahrscheinlich ist sie der Ansicht, daß Eier für mich besonders gesund sind.

Ich habe ihr nichts auf das Paket hin geschrieben.

Es war ein alter Freund meines Vaters, der mich anrief und fragte, ob ich es noch nicht wüßte. Ich kann ihn deutlich sehen, den massig gewordenen Körper, das kurzgeschorene Haar, das inzwischen fast weiß ist, die dicke Hornbrille, die immer dieselbe geblieben zu sein scheint. Die Leute, die mit meinem Vater befreundet waren, halten besser zu meiner Mutter als ich und versuchen, meiner Mutter zu helfen; sie sagen sich, daß sie es für meinen Vater tun. Der alte Freund meines Vaters sagt mir, daß es meiner Mutter nicht gut geht.

Er duzt mich immer noch, wie man Kinder duzt, ohne zu erwarten, daß man selber geduzt wird.

Als ich frage, was los ist, sagt er nur: Du mußt herkommen. Er hat ihr versprechen müssen, daß er mich anruft und mir sagt, daß ich herkommen soll.

Ich schweige und habe keine Entschuldigung.

Ich habe seither nichts mehr von meiner Mutter gehört. Ich würde mich gern mit Lisa beratschlagen, ob ich hinfahren soll, aber wir haben schon oft darüber gesprochen, ohne daß ich zu einem Ergebnis gekommen bin.

Jetzt sage ich nur: Zum Liebsein gehört der Mut, böse zu sein. Und Lisa, die ihre Hand in meine Armbeuge geschoben hat und mich zu einem Stand zieht, wo Quarkschnitten und Rhabarberkuchen verkauft werden, sagt: Ja, wenn du nicht böse sein kannst, nimmst du dich ja nur zusammen.

Ich esse so viel von Lisas Rhabarberkuchen, daß sie ein zweites Stück kaufen muß. Sie stellt sich noch einmal an, während ich warte und mit den Füßen, die kalt werden, im Kies hin und her trete. Und während ich warte, ist diese eigentümliche Besorgnis um meine Mutter wieder da; sie ist wie die Angst, die wir ausstehen, wenn uns der Tod einer geliebten Person mitgeteilt wird und wir die Trennung noch nicht begreifen können. Und ich denke, daß ich jetzt weiß, was es bedeutet, wenn meine Mutter die Briefmarken meines Vaters weiter sammelt; keine Kompensation, wie es vielleicht von Luise genannt werden würde: es ist der letzte Versuch, eine Liebe auszudrücken, die uns noch einmal schmerzhaft ins Bewußtsein gerückt wird, wenn die Hindernisse, die uns die wirkliche Person durch ihre Gestalt in den Weg gelegt hat, mit ihrem Tod endgültig zusammengebrochen sind. Und die Blumen, die wir auf ein Grab tragen, sind so notwendig für uns selber wie die Träume, in denen die geliebte Person noch einmal am Leben ist und uns zuwinkt.

Ich weiß es und fahre doch nicht und warte vielleicht darauf, daß es zu spät ist, als ob es mir eine Enttäuschung ersparen würde.

Ich würde fahren und nicht die Mutter finden, die ich mir wünsche. Ich müßte feststellen, daß in dem, was wir gegeneinander tun, als ob es keine andere Möglichkeit gäbe, alles beim alten geblieben ist.

Ich sehe zu Lisa hinüber, die mit einem Mädchen um

einen Hut feilscht, den sie wahrscheinlich nie tragen wird, und habe Angst davor, eine Abhängigkeit gegen die andere zu vertauschen. Es ist ein violetter Hut mit einem breiten Rand, an dem kleine runde Spiegelstücke wie Perlen aufblitzen. Lisa behält ihn nicht auf. Sie schiebt ihn in eine Plastiktüte. Hand in Hand gehen wir zum mathematischen Institut hinüber. Ich wundere mich, daß sie dazu einen Schlüssel hat. Wir trennen uns vor einem der Eingänge, denn Lisa will noch etwas in einem Buch nachschlagen. Der Eingang glänzt, als ob er aus Kupfer wäre. Ich gehe langsam über den langgezogenen Parkplatz, der vor dem Institut ist, über die Theresienstraße, ohne mich umzudrehen, bis zu der Musikalienhandlung schräg gegenüber, fast Ecke Türkenstraße, wo ich lange vor den Auslagen stehenbleibe. Antiquarisch gibt es dort eine großformatige Wagner-Ausgabe. Früher habe ich mit Adorno geglaubt, daß man die Musik am besten nur dann vernimmt, wenn man nichts als die Partituren liest. Später, als ich noch einmal auf das Institut schaue, ist der Himmel von Wolken dunkel geworden, die nur wenige Reste von einem fahlen Blau erkennen lassen. Die Luft riecht nach Schnee. Im Institut gehen Lichter an; die Fenster in ihren roten Holzrahmen, die nur selten durch eine schwarze Platte unterbrochen werden, bleiben ohne ihre schmalen Jalousien, was ihnen etwas Starrendes gibt. Das ganze Gebäude, das etwa aus drei Würfeln besteht, die durch ein Untergeschoß miteinander verbunden werden, sieht mit seinen Plattformen, mit den dünnen Betonsäulen vor der Front aus, als ob es selber noch einmal in einem Käfig säße.

Der Sonntag geht langsam vorüber. Lisa hat den ganzen Nachmittag in dem Buch gelesen. Ich habe auf sie gewartet und lobe sie jetzt, weil es ihr bei der Arbeit im Büro helfen wird.

Sie schüttelt den Kopf: Es handelt sich um ein Buch, das sie während ihrer Studienzeit niemals gelesen hat, weil es ihr nicht praktisch genug erschien: Zufälligkeit und Wahrscheinlichkeit, eine algorithmische Begründung der Wahrscheinlichkeitstheorie.

Früher hätte ich mich wahrscheinlich für ein solches Thema begeistert. Die Begründung der Wahrscheinlichkeitstheorie hat etwas von den alten erkenntnistheoretischen Fragen, und ich habe früher wahrscheinlich insgeheim geglaubt, die richtige Erkenntnistheorie entzöge uns der Gefahr, Irrtümer zu begehen. Jetzt, als ich versuche, mit Lisa darüber zu sprechen, stellt sich heraus, daß ich das meiste vergessen habe. Ich hoffe, du bist nicht enttäuscht, sage ich.

Ich würde mir ihre Erklärungen geduldig anhören wollen, aber Lisa hätte lieber noch ein paar Platten gehört. Ich sage: Mir wird alles gefallen, was du dir aussuchen wirst.

Die Platte, die Lisa aussucht, kenne ich nicht. Eine Stimme, die von Gitarren und indianischen Trommeln begleitet wird. Eine Stimme, die auch dann klar bleibt, wenn sie etwas herausruft.

Lisa sagt einen Namen, den ich schon gehört habe, ohne mich zu erinnern, wo: Mercedes Sosa.

Gefällt es dir? fragt sie mich.

Ich sage, daß mich die Stimme traurig macht.

Ich warte darauf, daß die Platte ausläuft. Dann ziehe ich Lisa einen Strumpf aus. Ich sage: Ich fange mir eine Lis. Das gehört zu einem alten Spiel, das wir früher gespielt haben. Sie winkt mir mit ihrem nackten Fuß.

Wir sitzen auf Lisas Bett. Ich habe ihr angesehen, daß sie abwesend ist. Ich möchte jetzt so eng wie möglich mit ihrem Körper zusammensein und sie küssen, wo es nur geht, ich möchte ihre Haut auf meiner Haut haben. Es tut mir weh, wenn ich sie jetzt nur sehen kann.

Es ist nicht so wichtig, sage ich mir.

Ich kann warten.

Ich frage also: Was hast du? Gefällt es dir etwa nicht?

Ich bin traurig, sagt sie.

Aber warum? Warum?

Ich wiederhole die Worte wie oft, wenn ich das Bedürfnis habe, daß kein Schweigen zurückbleibt.

Sie sagt: Es ist nichts. Nur eine bioenergetische Reaktion. Ich sage: Ich möchte nicht, daß du aus deinen Gefühlen Reaktionen machst. Du mußt sie ernstnehmen, rufe ich.

Sie soll mir alles erzählen.

Und Lisa erzählt von den alten Freunden, die sie früher gehabt hat: der Photograph, der sich zu gut dazu war, mit Lisa ins Bett zu gehen – er hatte eine andere Freundin, über die er sich nur bei Lisa beklagen wollte; der Lehrer, der sich immer bemühte, ihr beizubringen, wie man richtig Schach spielt, und natürlich jedes Spiel gewann – den hätte sie fast geheiratet; und schließlich ich, ich mit meinen Selbstmordgedanken und meiner Todesangst, an der sich Lisa die Schuld gibt, ich mit meiner Sehnsucht nach Nelly, einer Frau, die ich nicht erreichen kann – Lisa spricht es nicht aus, aber natürlich erinnere ich mich gut an diese Abende, an denen wir zu dritt ausgegangen sind, diese Versuche, Nelly für mich zu gewinnen, die Lisa stillschweigend unterstützt hat, und an Nelly, die immer wie abwesend bleibt und doch immer wieder auftaucht.

Ich sage Lisa, daß ich auch traurig bin. Ich schäme mich, sage ich, für das, was ich dir angetan habe. Ich würde mich freuen, wenn ich mich nachträglich dafür entschuldigen könnte.

Wir sprechen noch weiter. Lisa sagt, daß sie das nicht gemeint hat. Sie sagt: Ich bin traurig über die Frau, die ich nicht gewesen bin.

Sie hat ihr Gesicht weggedreht, aber ich weiß ja, was das zu bedeuten hat.

Ich stoße sie an.

Einmal mußt du laut weinen.

Es klingt wie kleine Schreie, und zunächst begreife ich gar

nicht, daß diese Schreie von Lisa herkommen, oder ich denke, daß sie über meinen Vorschlag lachen würde. Lisa weint laut; die kleinen Schreie werden länger und lauter. Man hört sie noch, wenn man in der Küche ist. Ich kann nichts tun. Sie heult, auf den Bauch gedreht, das Gesicht in den Händen vergraben. Man hört die Schreie überall in der Wohnung. Wahrscheinlich hört man sie weit im Haus. Ich sage mir, daß uns das jetzt nicht kümmern kann. Ich sage uns, aber ich fühle mich ausgeschlossen. Wenn ich ihre Schulter berühre oder ihre Hand nehme, ändert sich nichts. Als sie sich einmal unterbricht und sagt, daß sie ein Taschentuch will, bin ich ihr dankbar und suche nach einer Packung. Ich möchte mit Lisa weinen.

Als ich aus dem Bad komme, weint sie immer noch. Sie liegt da, daß es mich an einen Fötus erinnert, die Knie bis an die Brüste heraufgezogen. Sie ist immer noch nackt. Wenn ihre Stimme sich überschlägt, klingt es wie das Gelächter, das ich am Anfang gehört habe.

Ich frage: Möchtest du eine Decke?

Sie antwortet nicht. Ihr Gesicht ist gelöst, fast glücklich. Es scheint runder geworden zu sein, und die Lippen sind halb auseinander wie bei jemandem, der eigentlich lächeln will.

Später reibe ich ihr den Rücken warm. Ich bin hungrig geworden und erzähle von meiner Mutter. Es ist leichter, sage ich, ein Kind zu füttern als es weinen zu lassen und dabei zu bemerken, daß es unglücklich ist.

Sie fragt mich, ob sie mir wie ein Kind vorkommt.

Ich sage: Ich glaube nicht, daß das eine Rolle spielt. Ich denke, daß das Kind im Vorteil ist. Jedenfalls beneide ich sie darum, daß sie geweint hat, und es kommt mir so vor, als wäre mir damit Unrecht geschehen; als müßten wir unsere eigenen Bedürfnisse immer dem anderen unterordnen, nur weil er weinen kann, als würde der eigene Schmerz allein davon kleiner, daß man selber zu Stein erstarrt ist.

Machst du mir einen Nachtisch? fragt sie.

Ohne ihr geantwortet zu haben, gehe ich in die Küche hinüber und trinke Wasser. Dann arbeite ich lange an dem Nachtisch. Es ist ein Quark, der mit Orangensaft angerührt wird. Er wird mit kleinen Bananenstücken und Rosinen garniert, und zum Schluß gebe ich Kefir und Kokosraspeln darüber.

Ich sehe ihr zu, wie sie langsam ißt, wie sie genießt. Ich denke, daß wir ein Spiel erfinden müßten, in dem alle Sachen gesagt werden, die ich ernsthaft nicht sagen kann. Ich denke an Lisas Puppe, die vorübergehend von Lisas Schreibtisch auf meinen Schreibtisch gewandert ist, wo sie in einem meiner Zettelkästen sitzt und mich mit ihren gemalten Augen ansieht.

Es dauert Tage, bis mir Lisa vorwirft, daß ich sie im Stich gelassen habe, weil ich hinausgegangen bin, während sie weinte.

XV

Das bißchen Gelassenheit, die sich Lisa mit ihrer Fahrt nach Berlin ihrer Arbeit gegenüber geholt hat, ist bald aufgebraucht. Am Morgen zögert sie immer länger.

An diesem Morgen fragt sie mich, ob sie überhaupt ins Büro gehen soll.

Warum sagst du nicht, daß du krank bist? sage ich.

Und wie immer antwortet sie, daß die Aktenberge auf ihrem Schreibtisch nicht weniger davon werden. Ich habe herausbekommen, daß sie sich fürchtet, jemand, der etwas in ihrem Schreibtisch sucht, wenn sie nicht im Büro ist, werde die Unordnung aufdecken, die dort herrscht.

Sie bleibt sitzen und stochert mit ihrem Löffel im Tee, ohne daß etwas weitergeht.

In diesen Augenblicken hasse ich sie, weil ich das Gefühl habe, daß ich mich nicht ruhig an den Schreibtisch setzen kann, während sie hier auf etwas wartet und dann vielleicht plötzlich mit einer Tür schlägt. Ich habe mich damit beschäftigt, Titel für diese Arbeit zu sammeln, eine Entschuldigung dafür vielleicht, daß auch ich nicht weiterkomme. Manchmal denke ich, daß ich überhaupt nichts schreiben kann, ohne daß ich nicht schon den Titel habe und jede Seite nach diesem Titel einrichten kann.

Soll ich dir einen Apfel waschen?

Sie schüttelt den Kopf.

Und während ich meinen Apfel esse, beginne ich, sie nach einem Titel zu fragen.

Zuerst lacht sie. Sie sagt, daß sie, die doch nicht einmal einen Brief schreiben kann, nicht in der Lage ist, einen Titel für mich zu finden.

Und dann weiß ich doch gar nicht genau, was du schreibst. Ich behaupte, daß das egal ist.

Ein Verleger würde sagen: die Leute, die das Buch nach dem Titel kaufen, wüßten ja auch nicht, was ich darin geschrieben habe.

Also gut, sagt sie und beginnt, mir Titel herzusagen, die ich leicht verwerfe, und die sie ebenso schnell wieder aufgibt. Wir lachen, und ich denke, daß es ein gutes Spiel ist, mit dem ich sie von ihren Sorgen im Büro ablenken kann. Dann sagt sie plötzlich: Johanna die Ketzerin.

Ich lache wieder, aber diesmal bleibt sie ernst und sagt: Warum nicht?

Ich behaupte, daß in meinem Buch gar keine Johanna vorkommt. Und sie natürlich: Du hast doch vorhin selber gesagt, daß es keine Rolle spielt.

Es ist ein schlimmer Titel, sage ich. Ich kann mir diese Johanna genau in einem dieser Fortsetzungsromane der Süddeutschen Zeitung vorstellen, wie sie den Beischlaf mit einem Mann erwägt, noch ehe sie verheiratet ist. Und das ist dann die ganze Ketzerei. Erinnerst du dich noch an diese eine, die nicht einmal wußte, was es mit der Pille auf sich hat?

Lisa erinnert sich.

Hochzeit auf dem Lande.

Ich glaube, mit einer solchen Johanna könnte ich nichts anfangen, sage ich und küsse sie. Du mußt dir aber wirklich überlegen, ob du noch gehen willst. Und ich stoße sie an, wie man sich anstößt, wenn man sich gut versteht: unsere Köpfe, zur Seite geneigt, berühren sich leicht mit der Stirn zur Stirn. Ich weiß, daß sie noch etwas länger küssen möchte, und wir küssen uns noch ein bißchen länger.

Du bist mir also nicht mehr böse, sagt sie.

Aber nein, warum? rufe ich.

Warum sollte ich dir denn böse sein?

Da sagt sie: Weißt du es nicht ... in Berlin; als ich von Nora fortzog ...

Ja, sage ich.

Ich habe Kontakt mit zwei Leuten gehabt.

Ich sehe eine Erleichterung in ihrem Gesicht. Ich sehe über das große Regal, auf dem die Gläser wieder in einer Reihe stehen, daß man sie mit einem einzigen Schlag herunterfegen könnte. Das Geschirr glänzt im Abtropfkorb. Dann habe ich sie in ihr Gesicht geschlagen. Sie zuckte nicht. Ich sah Speichel und Blut an ihrem Mund.

Ich rief: Jetzt trennen wir uns.

Jetzt trennen wir uns.

Jetzt trennen wir uns.

Jetzt trennen wir uns.

Lange Zeit sagte keiner etwas. Dann suchte ich nach einer Schere und einem Pflaster.

Ich habe dich geschlagen, sagte ich.

Und sie begann, mich zu trösten.

Ich kann dich verstehen, sagte sie.

Aber ich wollte doch niemanden schlagen, am allerwenigsten dich.

Meine Erklärungen und Beteuerungen gehen in Beschwörungen über, Beschwörungen, mit denen ich meine, aber nicht ausspreche, daß sie mich jetzt nicht verlassen soll. Ich kann mir dabei die Fingernägel in mein Gesicht graben oder in meine Hände beißen.

Ihre Stimmt bleibt sanft. Weit weg. Sie hat ein Taschentuch an den Mund gepreßt.

Es blutet gar nicht sehr, sagt sie.

Aber warum hast du mir es gerade jetzt erzählt, wo wir uns fast schon vertragen haben, warum nicht gleich, warum gerade jetzt?

Sie erklärt, daß sie endlich ins Büro gehen muß, und ich kann sie nicht davon abbringen.

Wir werden am Abend sprechen, erklärt sie, jetzt nicht.

Die Tür schlägt. Sie arbeitet im Bad an ihrem Aussehen, deckt sich das Gesicht mit Puder zu, macht die Schatten unter den Lidern hellblau, und ihren Augenbrauen gibt sie eine Schwärze, die sie streng aussehen läßt. Sie wird im Büro eine Brille tragen, obwohl sie nur ganz schwach kurzsichtig ist. Sie hat eine Narbe auf der Hornhaut, die in ihrem Sehfeld einen kleinen blinden Fleck hinterläßt. Aber dieser Fehler ist unkorrigierbar. Und draußen vor der Badezimmertür stehe ich und rufe etwas, während ich ihre Bewegungen höre. Ich rufe, bis ich mir sage, daß es gleichgültig ist.

Dann ist Lisa gegangen: ich warte wieder und muß plötzlich an Johannas Körper denken. Dabei fällt mir zum ersten Mal auf, daß es ihr Name ist, den Lisa in ihrem seltsamen Titel genannt hat.

Später, am Telefon, kann ich mich nicht entscheiden, sie anzurufen.

Ich wähle die Nummer meiner Mutter. Ich habe mich eigentlich schon daran gewöhnt, daß niemand abnimmt. Es versetzt mich in Unruhe; die Ahnung, daß irgend etwas passiert ist. Natürlich weiß ich: wäre etwas passiert, wie ich es befürchte, würde ich es erfahren.

Wenn Lisa da ist, spreche ich mit ihr solange darüber, bis wir fast streiten.

Lisa sagt: Dieser Bekannte deines Vaters – warum rufst du ihn nicht an?

Ich antworte: Weil ich mich schäme und Angst davor habe, schweigen zu müssen, wo ich glaube, daß ich ihr – meiner Mutter – antworten könnte.

Man kann sich von der Unruhe ablenken, so daß sie nur manchmal da ist, nachts, unversehens; jetzt, wo Lisa abwesend ist, ist sie beinahe willkommen.

Am Nachmittag habe ich einen Unfall gehabt. Ich bin mit dem Fahrrad gestürzt; dabei muß mein Kopf auf die Fahrbahn geschlagen sein.

Als ich aufgestanden bin – ich denke, ich bin selber aufgestanden, und zwar ziemlich schnell – steht jemand neben mir und stellt sich vor, ohne daß ich seinen Namen verstehe.

Auch von den Äußerlichkeiten seiner Person ist mir seltsam wenig in Erinnerung geblieben; ich weiß, was er gesagt hat, aber nicht, mit welcher Stimme. Ich weiß, daß er einmal gelacht hat, aber nicht, mit welchem Gesicht. Ich weiß, daß er mir geholfen hat, das Fahrrad auf den Gehsteig zu ziehen, aber nicht, mit was für Händen. Nur seine Schuhe aus braunem Wildleder, das von der Nässe des Regens dunkel ist, sind mir in Erinnerung. Er sagt, was ich tun soll. Ich verstehe, daß wir uns jetzt beeilen müssen. Ich höre Autos hupen; ich drehe den Kopf über die Schulter (es geht) und sehe Gesichter. Ich taste meine Stirn ab und finde kein Blut. Eigentlich ist nichts zu spüren. Die Schaufenster des Fotogeschäfts, vor dem wir stehen, spiegeln stark, aber nicht genug, um in meinem Gesicht eine Veränderung zu erkennen. Vielleicht ist es zu dunkel. Wenn ich mich herunterbeuge, sehe ich einen schwarzen Streifen, den wahrscheinlich der Asphalt auf meine Hose gemacht hat. Das Knie beginnt jetzt zu brennen. Ich möchte nach Hause fahren; ja, ich wünsche mir, auf der Stelle zu Hause zu sein und vielleicht auf dem Bett zu liegen. Aber er ist immer noch da. Mit seinen Händen tastet er meinen Kopf ab. Er sucht zwischen meinen Haaren, die er hin und her streift.

Eine Platzwunde, sagt er zu seiner Begleiterin. Ich sehe jetzt, daß er eine Begleiterin hat. Sie hält einen karierten Schirm über uns und nickt ihm zu, wenn er etwas sagt.

Sieht böse aus.

Muß genäht werden.

Glauben Sie, daß Sie einen Augenblick ohnmächtig waren?

Es würde, sagt er, auf eine Gehirnerschütterung schließen lassen.

Ich habe das Gefühl, daß er diese Erklärung für seine Begleiterin gibt, die wieder nickt wie vielleicht ein aufmerksamer Schüler nicken würde, einer, der jede Bemerkung seines Lehrers begierig aufnimmt. Dabei sieht sie lustig aus, finde ich. Sie hat kurze gelockte Haare. Sie erinnert mich an einen Puck.

Als er mich ansieht und die nächste Erklärung abgibt, lacht er ein bißchen. (Später habe ich mir gesagt, daß man so aus Verlegenheit lacht, aber damals klang es etwas gespenstisch.)

Er sagt: Sie können natürlich auch später ohnmächtig werden. Aber erschrecken Sie nicht.

Sie unterhalten sich darüber, was jetzt mit mir geschehen soll.

Am besten wäre es natürlich, wenn er ein Taxi nimmt, sagt er.

Und sie: Ja, er muß natürlich ein Taxi nehmen.

Dann wieder er: Diese Platzwunde muß jedenfalls genäht werden.

Sie hilft ihm, indem sie weiß, wo das nächste Krankenhaus ist. Sie erklärt mir dann auch, wie ich am besten hinkomme.

Das Rad stellen wir hier an die Seite, sagt er. Ich glaube nicht, daß es jemand wegnehmen wird, wenn Sie es abschließen. Sie fragt sich, ob er mich nicht begleiten solle.

Er sagt: Aber wenn er ein Taxi nimmt, zahlt das die Krankenkasse.

Sie ist immer noch nicht zufrieden, und sie sehen mir zu, wie ich nach dem Taxistand suche, und sind immer noch da, als ich schließlich ein Taxi besteige. Ich stelle mir vor, wie sie mir auch ins Auto folgen und sage mir, daß sie mir doch nur helfen wollten. Es bleibt trotzdem eine unangenehme Vorstellung, und das Brennen an meinem Knie, das jetzt auch an meiner Stirn ist, füllt den ganzen Raum wie ein Nebel an.

XVI

Die Aufnahme: jemand zeigt dir den Gang, den du nehmen mußt. Du gerätst in ein Wartezimmer. Sie sitzen an den Wänden entlang, einer den Arm in einer Schlinge, einer das Knie verbunden, einer hält sich das Auge zu. Eine Dame weint. Der Puder fließt von ihrem Gesicht herunter.

Niemand, der sich um dich kümmert. Ab und zu eilt eine Schwester mit einem Ordner unter dem Arm durch den Raum und verschwindet hinter einer der Türen, die dem Eingang gegenüber liegen, und man hört jetzt, daß hinter diesen Türen gesprochen wird. Oder die Schwester beeilt sich, in die umgekehrte Richtung zu laufen. Einmal verspüre ich eine Schwäche, die bis in die Därme hineingeht.

Damit ich das aushalten kann, klammere ich mich an der Holzbank fest, auf der ich sitze. Ich sehe eine Mutter, die ihr Kind festhält, damit es nicht zu mir herüberkommt. Ich sehe einen Ausländer mit einem dicken Verband am Kopf; weitere Leute werden hereingebracht. Ich suche mit den Augen ein Schild und finde schließlich, daß ich fast neben der Toilettentür sitze. Es gibt mir den Mut aufzustehen. Ich stütze mich an die Wand. Die Leute, die neben mir sitzen, sehen mich unsicher an und ziehen die Beine ein. Dann stehe ich an der Tür und muß entdecken, daß sie verschlossen ist. Ich lasse mich mit dem Rücken gegen die Tür sinken und warte. Sie schieben eine dieser rollenden Bahren herein, auf der ein alter Mann in einem blaßblauen Bademantel liegt; die Füße bis an die Knie herauf in Verbände gewickelt. Die Brille auf seinem Gesicht ist weit auf die Nase heruntergerutscht, und er sieht mich über die Ränder an, wahrscheinlich ohne etwas zu erkennen. Ich taste mich zu meinem Platz zurück und denke, ich habe Glück gehabt, daß er immer noch frei ist.

Die Krankenhäuser haben mich immer an den Tod erinnert. Der Geruch nach Desinfektionsmitteln auf den mit Bohnerwachs verschmierten Gängen ist für mich der Geruch des Todes, unbestimmt süßlich. Wenn ich Krankenhäuser besuche, denke ich an die Leute, die nicht mehr zurückgekommen sind von ihren Aufenthalten; es sind viele. Aber auch die kurzen, vorübergehenden Aufenthalte einschließlich meiner eigenen scheinen mir todesverdächtig. Ich will nicht so an sie denken, aber wenn mir etwas daraus in den Sinn kommt, ist es nur die aufgezwungene Bewußtlosigkeit der Narkose mit ihren Träumen, in die das Tropfen der Flasche hineinknattert; es ist die Einsamkeit, die vor allem in den Besuchszeiten aufkommen will, weil sie zu kurz sind.

Als ich wieder stehen kann, gehe ich einmal quer durch den Raum. Manchmal werden auf Pappschildern Nummern verteilt, um die Wartenden einzuordnen; hier ist das nicht der Fall. Ich lese ein Schild, daß man klingeln soll, um sich anzumelden. Ich drücke die Klingel, die unter diesem Schild ist, ohne Ergebnis. Ich warte und denke wieder an die Leute, die in Krankenhäusern gestorben sind, und vor allem denke ich dabei an meinen Vater.

Zum Beispiel: ich begleite meinen Vater zu einer Untersuchung, die mit radioaktiven Substanzen an seiner Leber in der Universitätsklinik vorgenommen werden soll. Mein Vater, schon bis aufs letzte abgemagert, macht immer noch seine Witze. Er macht sie mit seiner ganzen Stimme, so daß sich die Schwestern, die *jungen Frauen*, im Gang nach ihm umdrehen und die Köpfe schütteln.

Die Befunde sind gut.

Die Befunde der Leber sind gut. Der Arzt, der ihn behandelt, ist uns eigens in den Garten nachgelaufen, der das Krankenhaus, wo wir ihn besuchen, umgibt, um uns das mitzuteilen. Von der Leber her, sagt er, hat man nichts mehr mehr befürchten. Er ist ein Arzt, der sich für seine Patienten aufreibt. An diesem Nachmittag sieht er müde aus, die Flekken in seinem Gesicht sind schmutzig, lange, eisgraue Bartstoppeln überziehen die Haut bis an die Schläfen hinauf. Aber er hat sich die Zeit genommen, um mit uns zu sprechen, damit wir wieder Mut haben können. Er begleitet uns bis an den Wagen und schüttelt meiner Mutter noch einmal die Hand. Es ist für uns wie ein Versprechen, besonders für meine Mutter, die sich nicht damit abfinden kann, wenn Leute, die meinen Vater näher gekannt haben, sie auf seinen Tod vorbereiten wollen. Zwei Wochen später stirbt er.

Am Abend vor seinem Tod hat uns eine Schwester mitgeteilt, daß sein Zustand ernst ist. Aber wenn wirklich etwas wäre, sagte sie, werde sie uns anrufen.

Meine Mutter, die an meinem Arm hängt, bleibt sprachlos.

Ich versuche, ihr etwas zu sagen, aber alles was herauskommt, klingt wie dieser Trost, den sie in Krankenhäusern verbreiten. Wenn man stirbt, ist es immer das beste gewesen. Ich erinnere sie an die Krampfadern, die sich im Körper meines Vaters gebildet haben; sie hätten jeden Augenblick platzen können. Es wäre ihm nicht mehr möglich gewesen, sein Leben zu führen, wie er es liebte, sage ich.

In dieser Nacht werden sie sicher sein, daß er die nächsten Stunden nicht überleben wird. Sie werden ihn aus dem Krankenzimmer rollen, in dem er gelegen hat, ohne etwas zu sagen. Aber er wird wissen, wohin es geht. Ich erinnere mich, daß er es mir schon Tage zuvor gesagt hat. Natürlich hat er gesagt, daß ich mich um meine Mutter kümmern soll. Ich habe damals einer Schwester gesagt, daß ich über Nacht bleiben will. Sie sagte: Ich glaube nicht, daß das nötig ist. Es beunruhigt die Patienten nur.

Er stirbt an einem unerwarteten Herzinfarkt.

Der Anruf kommt am Morgen.

Es ist alles so schnell gegangen, sagt uns die Schwester.

Wir hätten das Krankenhaus nicht mehr erreichen können.

Ich werde versorgt. Man rollt mich auf einer Bahre im

Krankenhaus hin und her, und ich lerne das Krankenhaus gewissermaßen von unten kennen; die breiten, endlos langen weißen Decken, von denen kugelförmige Lampen herunterhängen. Oder ich liege auf einem großen Metalltisch unter einer Apparatur. Es ist dunkel, aber ich sehe das Glitzern der Schienen, auf denen neben oder über mir eine Kamera hin und her fährt. Sie untersuchen, ob mein Schädel gebrochen ist. Dann werde ich wieder auf meine Bahre zurückgebettet.

Irgendwann ist es mir gelungen, eine der Schwestern anzuhalten.

Ich zeige auf meine Platzwunde.

Warum haben Sie das nicht gleich gesagt? fragt sie mich.

So komme ich endlich zur Aufnahme.

Ein Fragebogen wird ausgefüllt.

Nähere Umstände: Es ist ein Unfall, erkläre ich.

Wie ist es passiert? Ich kann es nicht erklären, und weil ich es nicht erklären kann, sage ich, daß die Straßen glatt waren. Die Lenkstange, fällt mir ein, war blockiert.

Ort: Ich weiß jetzt wieder, daß es an der Leopoldstraße war, dort, wo man auf der Straße herauskommt, die durch den Englischen Garten führt. Ich wollte die Ampel noch erreichen, ehe sie wieder auf Rot sprang. Aber weil mir der Name der Straße nicht einfällt, sage ich lieber eine andere.

Waren außer Ihnen noch weitere Personen an dem Unfall beteiligt?

Usw.

Ich glaube, daß insgesamt etwa dreißig Fragen zu beantworten sind. Als ich sie alle beantwortet habe, sagt mir die Schwester, daß ich mich wieder auf meine Bahre legen soll.

Ich bin jetzt krank und man verweigert mir, daß ich aufstehe, auch wenn es nur darum geht, die Mappe mitzunehmen, die ich auf dem Tisch des Aufnahmezimmers vergessen habe. Die Mappe wird mir gebracht und in die Hände gedrückt, und ich halte sie fest und komme mir einigermaßen lächerlich vor.

Die Schwester schiebt mich zuerst zum behandelnden Arzt. Er liest den Aufnahmebogen und meint: Wir müssen erst einmal röntgen, damit wir wissen, daß es keine Fraktur ist. Jetzt haben sie die Röntgenaufnahmen fertig, und ich liege auf meiner Bahre und warte, den Umschlag mit den Papieren, der immer dicker wird, am Fußende, auf den nächsten Schritt.

Ich betrete das Zimmer, in dem mein Vater gelegen hat. Die Männer, die mit der Zeit seine alten Bekannten geworden sind, stehen von ihren Betten auf, um mir die Hand zu geben. Einer sucht etwas in seinem eisernen Nachtkasten: er sagt, daß er mir ein Andenken geben möchte. Aber er findet es nicht. Manche duzen mich, und das macht sie hinterher verlegen. Sie warten lange darauf, daß ich etwas sage. Schließlich hält ein großer Mann, der einmal Polizeimeister gewesen ist, etwas wie eine Ansprache.

Eine Schwester, die hereinkommt, fragt mich, ob ich meinen Vater sehen will.

Jetzt, sagt sie, sieht er noch nicht schön aus.

Ich sage mir, daß auch später noch Zeit sein wird.

Ich werde ihn sehen, wenn er schon in seinem Sarg liegt. Die Toten haben im Kühlhaus auf dem Friedhof einzelne Kammern. Man sieht durch eine kleine Scheibe hinein, und es ist fast wie in einem Aquarium oder in einem dieser Schaukästen der Naturgeschichte, wo eine Landschaft sichtbar wird, wenn man auf einen Knopf drückt, der die Kulissen erleuchtet. In diesem flüchtigen Licht sieht man jetzt einen offenen Sarg, der zwischen zwei Lorbeerbäumen steht.

Ein Onkel neben mir sagt, daß er lieb und herzig ausschaut: als ob er nur schlafe.

Aber das, was dort liegt, sieht in Wirklichkeit meinem Vater nicht ähnlich. Es ist wachsweiß, und wo früher der Mund war, hat es etwas wie einen Schnabel, einen unersättlichen Schnabel, der sich nicht schließen will. Dort, wo einmal die Hände waren, die man gefaltet hat, starren jetzt Krallen in die Luft. Es hat etwas von abgestorbenem Holz, das in der Sonne gebleicht wird; etwas von Washingtons Wäldern, die unablässig ins Meer stürzen und von nassem Sand eingegraben werden.

Die Männer in diesem Zimmer, von dem ich mich lange nicht losreißen kann, sind in Erinnerungen ausgebrochen. Sie reden jetzt alle durcheinander. Sie wollen mir etwas von seinem Mut mitgeben.

Mut, Mut: sie stehen um mich herum und wiederholen das Wort, während sie reden. Es klingt wie aus einer Fremdsprache. Sie reden untereinander, und bald gleiten ihre Erinnerungen ab in Zeiten, in denen mein Vater nicht vorkommt. Jetzt kann ich gehen, ohne bemerkt zu werden, und stehe schon im Zimmer der Schwester, die mit den Hinterlassenschaften betraut ist. Sie trägt keine Anstaltskleidung, sondern einen grauen Pullover und einen karierten Rock. Im Gesicht hat sie eine runde Nickelbrille, die nicht recht zu dieser mageren Gestalt passen will. Sie lächelt freundlich. Sie ist hinter ihrem Tisch aufgestanden und kommt mir bis zu der Tür entgegen. Sie hat das Paket schon bereit gelegt. Sie zeigt mir, daß ich erwartet werde.

Die Sachen meines Vaters, in braunes Papier geschlagen. Ich soll das Paket prüfen, damit ich bestätigen kann, daß nichts fehlt, aber eigentlich weiß ich gar nicht, was fehlen könnte. Ich sehe das kleine Radio, das er immer bei sich gehabt hat, und nicke. Dann ist alles in Ordnung, sagt die Schwester, unterschreiben Sie bitte hier.

Auch jetzt muß ich unterschreiben: ich habe eine Spritze gegen Tetanus bekommen und bin genäht worden und kann mir jetzt vorstellen, daß ich nichts Ernsthaftes habe.

Lisa, die das Pflaster auf meiner Stirn gesehen hat und sich alles erzählen läßt, ist trotzdem erschrocken.

Wir reden über meinen Vater, und daraus entsteht eine seltsame Einigkeit: jeder verspricht, es dem anderen zu sagen, wenn er weiß, daß dieser todkrank ist.

Seltsame Einigkeit: ich erinnere mich, daß wir uns schon im nächsten Augenblick streiten; Lisa schreit, daß sie es satt habe, wenn ich noch länger von meiner Mutter rede, ohne diesen Bekannten meines Vaters anzurufen. Sie hat es auch satt, daß ich schon wieder von Geld spreche: ich habe nur noch vierhundert Mark. Ich vermute, daß sie wieder Schwierigkeiten im Büro hat. Sie schreit: Ich soll meine Anspielungen lassen: es ist nichts mit Erich. Ich sage: Du bist doch zu seinem Geburtstag eingeladen. Ich frage, warum ich nicht eingeladen bin. Und sie: Würdest du ihn denn zu deinem Geburtstag einladen? Ich rufe: Sie ist ungerecht. Den ganzen Nachmittag habe ich in der Zeitung nach Stellenanzeigen gesucht, die auf mich passen würden; es gibt nichts. Darauf sie: Wenn du wirklich willst, kannst du dich ja als Programmierer ausbilden lassen. Das würdest du noch schaffen, mit deinen mathematischen Vorkenntnissen. Und das Geld, das ich dafür brauche, kann sie mir wirklich leihen: ich würde es eines Tages zurückzahlen können.

Die Heilung der Wunde verläuft, wie sie es mir vorausgesagt haben: nach einer Woche kann man die Fäden ziehen; Haare wachsen über der Stelle, die sie geschoren haben. Auch wenn man sie auseinanderstreift, kann man keine Narbe finden. Es bleiben nur Phantasien über den Mann, der mir auf der Straße geholfen hat. Der Name, den ich nicht verstanden habe, lautet jetzt Kaspar; das Gesicht ist jetzt Kaspars Gesicht. Er trägt Kaspars Wildlederschuhe, und die Stimme, mit der er sich in mein Leben mischt, ist Kaspars Stimme: träge, selbstsicher, lachbereit, selbstzufrieden. Kaspar ist eine Person, die ich gekannt habe, ehe ich nach Amerika fuhr. Er gehört zu den Leuten, bei denen ich beschlossen habe, daß ich sie nicht mehr anrufen werde: jetzt stelle ich mir vor, ich hätte Kaspar erst durch diesen Unfall kennengelernt. Er hätte sich nicht mehr abschütteln lassen. Kaspar im Krankenhaus, wie er mir zusieht und dabei in einem *Spiegel* liest; ab und zu wird er mir einen Ratschlag geben. Und ich erinnere mich, wie ich Kaspar früher um die Mühelosigkeit beneidet habe, mit der er das Leben nimmt: Kaspar, der Geld verdient, indem er alte Autos mit Gewinn weiterverkauft, Kaspar, der sich Stipendien beschafft, ohne daran zu denken, daß er seine angegebenen Ziele ausführt. Ich werfe ihm insgeheim vor, daß er kein Gewissen hat. Wie er selbst sagt, würde er ohne weiteres in die CSU eintreten, wenn es nur seinem Fortkommen dient.

XVII

Ich stelle mir vor: ein Gespräch mit Kaspar ist wie eine Improvisation. Alle Themen, die der eine anschlägt, werden vom anderen aufgenommen und weitergeführt. Die Räume füllen sich mit Kaspars Bekanntschaften, von denen er so lebendig erzählen kann. (Erst später werden mir Bedenken kommen, daß er auch von mir so erzählen wird. Es ist eine herablassende Art zu erzählen. Du bist Kaspars Material. Und es wird mir auffallen, daß Kaspar, anders als ich bisher gedacht habe, gar nicht beschreiben kann: die Erzählungen leben davon, daß er die Leute darstellt, von denen er spricht.)

Kaspar klingelt unerwartet vormittags an der Wohnungstür; er öffnet die Briefe, die ich noch nicht geöffnet habe, und liest sie, er sagt mir, daß meine Pullover alt und abgeschabt sind, er steht in der Küche, wo seine Wildlederschuhe den Schmutz hinterlassen, den ihre Profilsohlen auf seinen Spaziergängen gesammelt haben, und doziert über Skinner, den er nicht leiden kann, weil er über ihn promoviert: er hofft, daß es in Amerika eine Gruppe gibt, die versucht, die Gesellschaft zu verwirklichen, die Skinner in Walden Two entworfen hat. Dann würde er bei der Stiftung, die ihn für seine Dissertation bezahlt, einen Antrag stellen, daß er unbedingt diese Gruppe studieren muß. Schon bin ich überzeugt, daß man ihm den Antrag genehmigen wird. Er wird nach Amerika fahren und sich eine schöne Zeit machen.

Ich stelle mir vor: Kaspar erfindet eine Gruppe in Kalifornien, die er so glaubhaft schildert, daß man ihm die Existenz einfach abnimmt und er eines Tages sogar seine Dissertation über diese Erfindung schreiben wird.

Kaspar ist unzuverlässig. Anrufe, die er versprochen, oder Besuche, die er mir zugesagt hat, bleiben aus.

Oder schlimmer: Kaspar, wie er mir später sagt, hat geglaubt, daß er mir eine Lehre erteilen müsse. Eine Lehre: habe ich doch gerade angerufen, als er sich in der Küche befand und ein Schnitzel briet, so daß er sich unter Druck gesetzt fühlen mußte. Zusagen, die er unter Druck gemacht hat, läßt er nicht gelten, belehrt mich Kaspar jetzt.

Oder Kaspar macht sich darüber lustig, daß ich ihm nicht den Mund verbiete, wenn mir seine endlosen Reden auf gemeinsamen Spaziergängen oder im Wohnzimmer, wo er langsam unseren Kognak trinkt (wobei er bedauert, daß wir nicht die richtigen Gläser haben), auf den Wecker fallen.

Warum, fragt Kaspar, rede ich nicht von mir? Kaspar verhöhnt mich, weil ich nicht Nein sagen kann.

Weigere ich mich, Kaspar Gehör zu schenken, wird er natürlich ausfallend. Er wird mir später sagen, daß ich ihn gekränkt habe, wenn ich bei ihm anrufe und mich darüber wundere, daß er nichts mehr von sich hat hören lassen. Überhaupt wird es zur Regel, daß ich die Sorge dafür übernehme, daß unsere Beziehung erhalten bleibt: wenn es zu einem Telephongespräch kommen soll, dann bin ich es, der Kaspar anruft. Oder ich hole Kaspar aus seiner Wohnung ab, wenn es zu einem gemeinsamen Spaziergang gehen soll. Dann soll ich warten, wenn Kaspar, wie er mir erklärt, noch zu arbeiten hat. In diesen Augenblicken tut er furchtbar geschäftig. Kann auch sein, daß er gerade ein Bad nehmen muß. Ich sehe ihn, wie er in seinem grünen Bademantel (eine teure Qualität) in dem riesigen Wohnzimmer steht, über das er verfügt, weil Kaspar eine Freundin hat, die ein solches Wohnzimmer bezahlen kann; unschlüssig wühlt er in den Papieren, die sich auf einem kleinen, flachen Tisch nahe beim Fenster aufhäufen und angeblich seine Dissertation darstellen. Oder ich finde einen Zettel an der Haustür, daß Kaspar bald zurück sein werde, und warte manchmal bis zu einer halben Stunde lang, ohne daß Kaspar erscheint. Oder ich muß mir noch, ehe wir gehen, eines der Stücke anhören, die Kaspar auf seinem Klavier komponiert. (Die Stücke erinnern mich an die Etüden, die man in einem der älteren Klavierlehrbücher findet, aber ich sage nichts.) Oder ich finde keinen Zettel, warte aber vergeblich, daß auf mein Klingeln geöffnet werde, und gehe schließlich mit dem Zorn über einen vertanen Vormittag.

Dann schwöre ich mir, daß ich Kaspar nicht mehr anrufen werde, nur um eines Tages festzustellen, daß ich es nicht mehr aushalte mit meiner Einsamkeit.

Auch auf Einladungen, wie sie von Lisa für ihre Freunde gegeben werden, ist Kaspar eine unerfreuliche Erscheinung. Er vermeidet die Unterhaltung mit mir (mich kennt er ja schon, wird er lachend erklären, wenn ich mich etwa unter vier Augen beklagen sollte), oder er reißt überhaupt das Gespräch an sich und führt stundenlange Diskurse (für Bruckner und gegen Wagner ist zum Beispiel ein beliebtes Thema von ihm). In diesen Augenblicken ist es unmöglich, Kaspar zum Gehen zu bewegen: Längst, wenn alle von Lisas Gästen gegangen sind, sitzt er noch im einzigen Sessel, den unser Wohnzimmer aufweist, wippt mit dem übergeschlagenen Bein, das unvermeidliche Glas Kognak in der Hand, und sieht mich gemütlich an, ohne darauf zu achten, daß sich auch Lisa damit entschuldigt hat, daß sie am nächsten Tag arbeiten müsse. Oder Kaspar, der meine Plattensammlung bewundert, besteht darauf, daß er sich noch dieses oder jenes Stück anhören wolle. Mit Kopfhörern (Rücksicht auf die Nachbarn ist um diese Stunde jedenfalls notwendig) sitzt er in diesem einzigen Sessel da, das Gesicht selig, die Augen geschlossen, unansprechbar. Kann auch sein, er stellt schließlich fest, daß er doch eine bessere Aufnahme kennt. Ich warte nur noch darauf, daß er endlich geht.

Es kommt auch vor, daß Kaspar, nachdem er vorgeschlagen hat, daß getanzt werden soll, nach Lisas Händen greift. Einmal geschieht es, daß Kaspar in seiner Begeisterung über den Tanz Lisa fest in seine Arme nimmt und sie küßt, bis sie sich nicht mehr wehren kann (wehrt sie sich überhaupt?).

Kaspar entschuldigt sich nicht, Kaspar wundert sich höchstens, daß ich ungehalten bin, oder erklärt hinter meinem Rücken, wenn er Gäste damit belustigen will, was ich wieder für eine Aufführung abgegeben habe.

Ich erinnere mich, daß mir früher schönere Phantasien möglich waren. Ich konnte mir vorstellen, daß mich (damals wohnte ich noch allein in dem kleinen Hochhausappartement) plötzlich Nelly auf der Treppe sitzend erwartete, Nelly, die sich endlich für mich entschieden hatte. Oder ich starb rasch, während Nelly an meinem Bett saß und meine Hand hielt. Mit dem Bewußtsein, daß ich etwas für sie getan hatte, konnte ich besonders gut einschlafen. Oder es stellte sich heraus, daß ich unheilbar krank war, und Nelly mußte mich heiraten. Oder, was mir noch besser gefiel, wir fickten uns ganze Nächte lang in verschiedenen Stellungen, während meine Hände immer auf diesen riesigen Brüsten blieben, die sie in Wirklichkeit gar nicht hat.

Wahrscheinlich kann man nicht verlangen, daß Nelly über all die Jahre hinweg, in denen ich sie nicht mehr gesehen habe, immer noch diese alte Rolle für mich spielt, aber wenn ich mit dem imaginären Kaspar im Streit liege, denke ich oft daran, wieviel schöner stattdessen die Vorstellung wäre, daß zum Beispiel Johanna plötzlich in meinem Zimmer stände oder auf einem Stuhl in der Küche säße: Eine andere Geschichte könnte beginnen.

Meine Beziehung zu Lisa ist wieder schlechter geworden.

Nicht, daß ich, wie schon einmal, die Kontrolle über die Wohnung verlieren würde. Auch wenn ich an manchen Tagen bis in die Nachmittagsstunden schlaflos im Bett liegenbleibe, geschieht es nicht mehr, daß uns das ungewaschene

Geschirr in ein Restaurant treibt, oder daß Lisa sagt: sie ekelt sich jetzt davor, das Bad zu benutzen.

Es geschieht nicht mehr: ich habe mir eine Art Zeitplan aufgeschrieben, nach dem die Wohnung Woche auf Woche wieder gerichtet werden muß, damit die wechselseitigen Vorwürfe, die keiner ausspricht, nicht noch größer werden, und ich habe mich dazu gebracht, daß ich im großen und ganzen – es kommt vor, daß ich zuweilen einen der Tage nachholen muß – an meiner Ordnung festhalte.

Es geschieht auch nicht, daß wir aufhören würden, miteinander zu reden. Ich erfahre zum Beispiel, daß sich Lisa bei ihrem Therapeuten über mich beklagt hat, weil sie fühlt, daß sie von mir immer mehr in eine Rolle hineingedrängt wird, wie sie einer Mutter ihrem Kind gegenüber ansteht. Oder Lisa erzählt, daß er ihr die Aufgabe gestellt hat, wie ein Stadtstreicher einen Nachmittag in der Innenstadt zuzubringen.

Während ich das schreibe, stelle ich fest, daß meine Behauptung, unser Gespräch betreffend, nicht wahr ist. Wahr ist natürlich, daß Lisa spricht, wahr auch, daß ich ihr vielleicht Ratschläge gebe oder sie umarme, wenn sie mir sagt, daß sie meinen Trost braucht; daß ich sie geduldig nach dem frage, was sie mir lieber verbergen möchte. Ich nehme es an, ohne irgendeine Rechenschaft zu verlangen. Sie gesteht mir, daß sie von Erich träumt. Ich sage ihr: Wir müssen eben Geduld haben.

Aber während Lisa das alles erzählt, gibt es nichts, was ich ihr von mir selber anvertraue.

Ich habe zum Beispiel festgestellt, daß sie heimlich mein Haushaltsgeld streckt. Sie legt Scheine in die Kassette, in der ich auch meine Papiere aufbewahre, und es soll dann so aussehen, als ob mir eben ein Geldschein unter diese Papiere geraten ist.

Es gefällt mir nicht; aber wenn ich sie daraufhin ansprechen will, kommt es mir vor, als wüßte ich nicht, was ich sagen sollte: so tue ich weiter, als hätte ich nichts bemerkt.

Einmal ist mein Geburtstag, aber ich habe mir niemand eingeladen, und weil es ein schöner Tag ist, fliehe ich mit Lisa hinaus nach Andechs. Es ist warm, und auf der Terrasse unter der Klostergaststätte herrscht schon die Biergartenstimmung. Ich behaupte, daß es mir gefällt. Ich sage: Es ist wie ein Volksfest. Und überhaupt finde ich es schöner, einen Ausflug zu machen, als diese Geburtstagsgesellschaften zu veranstalten mit dieser blödsinnigen Kocherei, die wir früher hatten.

Lisa – Lisa sieht aus, als ob sie mir glaube – Lisa ist schön, und ich liebe sie, wie sie dasitzt und nickt und mir zuhört, als ich ihr sage, wie schön sie ist: Weißt du, früher hast du es einfach nicht glauben wollen, wenn ich dir das gesagt habe?

Am Abend ein Anruf von meiner Mutter. Sie sagt, weil es mein Geburtstag ist.

Aber wo hast du gesteckt? sage ich. Ich habe mir solche Sorgen um dich gemacht.

Darauf erzählt sie, sie sei jetzt gerade in einem Kurhaus. Ein Freund deines Vaters ist dort gewesen, sagt sie, und hat es mir dann empfohlen. Du kannst dich wahrscheinlich nicht an den Namen erinnern. Er hat damals die Abdankung für deinen Vater in der Friedhofskapelle gehalten.

Ich widerspreche leise, und sie fährt fort: daß alles in diesem Kurhaus phantastisch ist, besonders das Essen. Und so reichlich: ich werde aufgehen wie ein Hefeteig. Sie sagt mir, was es zu Mittag gegeben hat: Ist es nicht so, daß ich auch kommen möchte?

Und dann diese Spiele, die sie miteinander machen. Sie spielen ... ich komme jetzt nicht auf den Namen, sagt sie.

Es gibt einen Bus, mit dem sie Ausflüge in die Umgebung unternehmen.

Heute, sagt sie, sind wir wieder in – auch dieser Name will ihr nicht einfallen – gewesen, und deshalb habe ich auch nicht früher anrufen können. Du hast meinen Anruf sicher vermißt.

Und weiter: Stell dir vor, ich habe wieder angefangen zu schwimmen.

Wie ich das finde?

Ich finde es großartig, sage ich.

Ja, sagt sie, und das Ja klingt wie eine Frage oder wie eine Drohung.

Daß du jetzt wieder schwimmst und Ausflüge machst, sage ich.

Das kann ich mir denken, daß dir das so passen würde, ruft sie. Sie überfällt mich mit ihrer Verzweiflung, die keinen Widerspruch duldet.

Das alles, sagt sie, hat sie sich ja nur ausgedacht, um zu sehen, wie ich darauf reagieren würde. In Wirklichkeit kann davon natürlich überhaupt nicht die Rede sein, und die Hoffnungen, denen ich mich offenbar hingebe, sind einfach lächerlich. Das kann ich mir denken, ruft sie, daß du mich abschieben möchtest und dir noch einbildest, es ginge mir dann am besten.

Sie macht eine Pause, in der ich ihren Atem höre, und diese Pause ist schlimmer als alle Beschimpfungen, die sie sich ausdenken kann.

Ja, sagt sie dann, solange es dir nur gutgeht.

Solange es dir nur gutgeht.

XVIII

Ich sitze in einem Restaurant, das zufällig (zufällig!) in der Nähe unserer Wohnung liegt, und trinke langsam einen Aperitif. Ich sehe den Eiswürfeln zu, die ich nicht gewollt habe, wie sie schließlich im Glas schmelzen und die bittersüße Flüssigkeit durchsichtig und geschmacklos machen. Ein einziger Kellner fährt hastig zwischen den Tischen hin und her, die er alle zu bedienen scheint. Die Uhr, die an der hinteren Wand zwischen Büscheln von Strohblumen hängt, zeigt noch nicht halb acht. Ich bin zu früh und erkläre dem Kellner, der wieder und wieder an meinem Tisch auftaucht, daß ich noch nicht bereit bin, etwas anderes zu bestellen.

Der Mai hat sommerlich angefangen, und die Fenster im Lokal sind geöffnet. Es ist wie Zug in der Luft; ich fühle mich unbehaglich. Die Blumen, die sie überall auf den Tischen stehen haben, sehen welk aus.

Ich warte auf Johanna. Ein Anruf, von dem ich geträumt, aber den ich nicht erwartet habe: Johanna, die sagt, daß sie mich dringend sprechen muß. Sie sagt nicht, was es ist. Ich frage sie nicht. Sie hat das Lokal schon ausgesucht. Ich komme.

Ich warte immer noch. Das Lokal hat sich inzwischen gefüllt, und ich erzähle Leuten, die mich nach den Plätzen an meinem Tisch fragen, daß diese Plätze besetzt sind. Es ist mir peinlich, als müßte ich ein Versprechen geben, das ich nicht einhalten kann. Außer mir scheint niemand von der Wärme überrascht worden zu sein: ich sehe Männer mit aufgeknöpften Manschetten und Frauen in leichten hellen Kleidern und frage mich, ob ich meinen Pullover abstreifen soll.

Ich sitze ohne Pullover, und der Zug in den Räumen schafft eine Kälte, die sich nicht fassen läßt. Johanna, die unbemerkt an den Tisch getreten ist, sieht mich ein bißchen spöttisch an. Ich weiß nicht, ob ich die Bemerkungen machen soll, die bei solchen Gelegenheiten üblich sind. Schließlich geben wir uns die Hand. Es scheint ihr gleichgültig zu sein, daß ich sie an der Schulter berühre. Ich rücke ihr den Stuhl zurecht, und sie setzt sich.

Meine Tochter, sagt sie, habe ich bei ihrem Großvater gelassen.

Kein guter Anfang.

Ich blättere ihr die Speisekarte hin und frage sie, was sie essen möchte. Sie sagt, daß sie eigentlich keinen Hunger hat. Vielleicht, sage ich, möchtest du etwas vom Büfett aussuchen.

Man kann das Büfett von unserem Tisch aus sehen. Es gibt kleine Ringe von gebratenen Calamares, gefüllte Tomaten, die mit einer goldbraunen Kruste überzogen sind, riesige dunkle Oliven, neben denen Artischockenherzen in einer Sauce vinaigrette schwimmen, es gibt ...

Johanna unterbricht meine Aufzählung. Das Essen, findet sie, ist nur eine Nebensache, und überhaupt soll man nur essen, wenn man sich danach fühlt.

Sie hat ihre Zigaretten herausgezogen und schiebt wieder eine Streichholzschachtel auf dem Tisch hin und her, die sie nicht aufmachen will.

Eigentlich, sagt sie, kann man es leicht verstehen, daß sich bei Männern alles nur um das Essen dreht. Männer müssen nicht kochen. Sie sagt: Sie kochen nur, wenn es ihnen Spaß macht. Ich sage nichts.

Und denke: Du bist sicher hierher gekommen, um mir das zu erzählen.

Wir warten. Wir warten und lassen Leute hereinkommen: einen glatzköpfigen, schlanken Mann in hohen Stiefeln, der einen Pudel an einer Leine mitführt (dann bellt ein Hund auf, der irgendwo unter einem Tisch verborgen gewesen ist), eine Gruppe von vier oder fünf jungen Frauen, die sich ziemlich laut unterhalten, einen mageren Jungen mit einer Himmelfahrtsnase, der einen schwarzen Hut mit einer riesigen Krempe trägt, eine Frau unbestimmten Alters, die offenbar zu diesem Jungen gehört, eine Frau mit einer roten Plastikkette um den Hals, die an die Farbe ihres Gesichts erinnert, und dann zwei Freundinnen, Arm in Arm, in diesen langen, fließenden Baumwollgewändern. Johanna beobachtet sie aufmerksam, wie sie stehenbleiben, um im Lokal einen Platz zu finden; es ist jetzt voll, und die Leute, die nichts reserviert haben, werden vom Kellner abgewiesen.

Ich denke, daß Johanna aussieht, als würde sie unter diesen Leuten das suchen, was sie erwartet.

Ich habe mir etwas zu essen kommen lassen; jetzt sitze ich davor und schiebe die Nudeln auf dem Teller mit der Gabel hin und her wie Johanna vorhin ihre Streichholzschachtel. Sie merkt es schließlich und legt mir ihre Hand auf den Arm. Sie sagt: Was hast du?

Sie streicht mit der Hand meinen Arm hinauf und sagt: Ich habe es vorhin doch nicht so gemeint.

Ach das, sage ich: Das ist schon vergessen.

Es ist nicht vergessen. Ich komme mir vor, als hätte ich ein großes Stück von dem Kuchen, den Krändels Mutter zu backen pflegt, plötzlich in meinem Magen liegen.

Sie sieht mich an, und während wir uns die Hand geben, entspannt sich ihr Gesicht, und es wird wieder dieser Blick sichtbar, der Johannas Gesicht wahrscheinlich für mich so schön macht. Ihre Augen sind traurig, und mehr: sie machen, daß ich mich ihr gegenüber schuldig fühle; und doch ist es nicht so, als schauten sie vorwurfsvoll. Sie sprechen von einer Schuld, von der Johanna nichts weiß, und von Vorwürfen, die sich Johanna niemals gestatten würde.

Ich sage: Sie sind nicht nett zu mir. Ich hatte etwas anderes erwartet.

Sie sagt: Auch ich hatte mir etwas anderes vorgestellt.

Aber dieser Satz scheint sich nicht auf mich zu beziehen; sie sieht dabei auf die Tür, dann auf die Uhr, dann wieder auf die Tür. Dann kramt sie in der Handtasche, die neben ihr auf dem Stuhl liegt.

Und schließlich beginnt sie, wie nebenher zu erzählen: Wie schwer es ihr immer fällt, etwas so anzufangen, wie sie sich das in ihrer Vorstellung ausgemalt hat.

Ich weiß, sage ich.

Und Johanna, noch trauriger: Gar nichts wissen Sie.

Sie spricht jetzt langsam.

Ich sage: Sie wollen mir etwas mitteilen, aber Sie wissen nicht, wie.

Ja, sagt sie, ja: aber Sie wissen nicht, was ich Ihnen sagen will.

Ich frage sie, ob ich raten soll.

Johanna schüttelt den Kopf. Es ist wie eine Aufgabe, die sie sich gestellt hat.

Sie fängt dann an, in allgemeinen Sätzen zu reden, in denen ich vergeblich nach dem suche, was sie mir eigentlich sagen will. Es handelt von Beziehungen, die sich mehr und mehr verwirren, bis man weder aus noch ein weiß.

Ich nicke: ich kenne das. Aber Johanna fährt fort, und ich beneide sie um die Art, wie sie sich an ihren Zigaretten festhalten kann.

Unter der dünnen, bestickten Bluse Johannas kann man deutlich die Bewegungen ihrer Brüste sehen. Mir fällt ein, daß mir Johanna erzählt hat, daß sie sich schämt, wie groß ihre Brüste sind. Oder ist das nur eine Erinnerung an eine andere Frau oder an eine der Phantasien, die ich über Johanna gehabt habe? Ich versuche, in ihr Gesicht zu sehen, aber das ist fast noch schlimmer. Vor allem verwirrt es Johanna bei dem, was sie sagen will, so daß sie sich schließlich unterbricht und sagt, sie müsse noch einmal anfangen.

Eine Pause entsteht, in der sie noch einmal lange in ihrer Handtasche sucht und erzählt, daß sie in der letzten Zeit immer wieder kleine Gegenstände verliert, Andenken, die ihr wichtig gewesen sind.

Es läßt mich an die Vase denken, die Lisa zerbrochen hat, und ich nicke noch einmal. Abwesend sehe ich in den Raum und bemerke plötzlich, daß Krändel, Krändel in einer schwarzen Samtjacke (ich denke: zu warm angezogen wie ich), Krändel am Tresen steht und mit dem Mann an der Kasse verhandelt. Wahrscheinlich hat er sich einen Tisch bestellt. Anscheinend hat er uns nicht gesehen; jedenfalls läßt er sich vom Kellner an seinen Tisch führen, ohne ein Zeichen zu geben. Als er sitzt, hat er uns den Rücken zugedreht. Ich stoße Johanna an, damit auch sie auf ihn aufmerksam wird.

Sie nickt, als würde sie seine Anwesenheit selbstverständlich finden, und setzt noch einmal zu dieser Erklärung an, die auch diesmal nicht besser gelingt, obwohl ich auf jeden Satz achte und versuche, ihr einzuhelfen, wenn sie steckenbleibt. Es kommt ihr nur vor, als ob es an mir läge, daß sie sich nicht erklären kann, und sie wird fast böse auf mich.

Wenn sie laut wird, müßte Krändel nicht ihre Stimme erkennen und sich vielleicht umdrehen? Aber Krändel sitzt am anderen Ende des Raums und scheint beschäftigt; seiner Haltung nach scheint er sich ein paar Notizen zu machen.

Dann fällt es mir auf, daß Johanna plötzlich verstummt ist.

Jemand berührt meine Schulter. Es ist Lisa. Sie trägt ein Kostüm, das mir neu ist; aber schließlich sehe ich sie ja fast nie in den Kleidern, die sie im Büro trägt. Daß Lisa da ist, scheint Johanna fast übermütig zu machen. Sie zieht an dem Ärmel von Lisas rötlicher Tweedjacke und zeigt auf Krändels Rücken: Da sitzt er. Wollen wir ihn nicht überraschen?

Aber Lisa ist nicht bereit zu lachen. Lisa ist müde. Sie sagt: Ich glaube, das ist nicht nötig.

Und Johanna: Ich habe es noch nicht fertiggebracht, etwas zu sagen.

Lisa geht nicht darauf ein. Sie sagt, daß Krändel einen Tisch für vier Personen bestellt hat, und daß wir jetzt wohl am besten zu ihm hinübergehen. Die Erklärungen können beginnen.

Die Erklärungen: Ich sehe Krändel aufspringen, der mir die Hand reichen will. Er ruft, daß es ihm wirklich leid tut. Ich nehme seine Hand nicht und warte erst einmal ab. Ich sehe die Blicke von Johanna und Lisa und weiß wenigstens, was Johanna denkt. Sie denkt: Männer können sich nicht verständigen, oder etwas ähnliches, ohne zu wissen, wie sehr ich mit diesem Gedanken sympathisiere.

Vielleicht ist es nicht richtig, solche Gespräche in einem Lokal stattfinden zu lassen: ich jedenfalls finde mich durch die Blicke der Leute behindert, und der Gedanke, daß sie mir in diesem Moment zuhören, um alles zu erfahren, wäre mir unerträglich.

Sie haben sich das nämlich so gedacht, sagt Johanna.

Und Lisa sagt: Du mußtest es eines Tages erfahren.

Lisa und Johanna haben sich hinter unserem Rücken geeinigt.

Johanna sagt, daß es angefangen hat, während ich in Amerika war. Ich habe Lisa allein gelassen.

Und als ich abwesend war, ist Krändel sehr wichtig für sie geworden, sagt Lisa.

Johanna scheint das nichts auszumachen. Ich rufe: Ich verstehe. Und jetzt ist es so, daß du ihn nicht fortschicken kannst.

Aber es ist falsch. Ich habe etwas Falsches gesagt. Es ist Johanna, die mich jetzt belehrt, daß ich Lisa Unrecht tue.

Auch jetzt, erklärt Lisa, ist es so, daß sie sich von mir alleingelassen fühlt. Wie soll sie es etwa fertigbringen, zu Erich Nein zu sagen, wenn niemand da ist, an den sie sich halten kann.

Ich denke, daß sie sich nicht zu rechtfertigen braucht. Ich höre die Gruppe der Frauen hinter mir. Ihre Stimmen sind ruhig. Sie sprechen über einen Film, der von australischen Eingeborenen handelt. Eine sagt: Da ist mir aufgefallen, wie schmutzig unsere Kultur ist. Ich höre sie reden und weiß, daß niemand in diesem Raum gerade auf unser Gespräch achtet, weil es für alle anderen gleichgültig ist. Aber es ist mir nicht möglich, etwas zu sagen.

Inzwischen ist das Gespräch schon weitergegangen: Lisa hat gefunden, daß sie sich zu Johanna solidarisch verhalten muß. Ja, und deshalb, sagt Johanna, haben sie dieses Gespräch vereinbart.

Sie sehen uns an und sind gespannt, was wir sagen werden.

Krändel sagt gleich, daß es natürlich sofort aufhören wird. Ich denke, sagt er, daß es schon wegen des Kindes das beste ist, und bringt Johanna dazu, daß sie sich die Hand vor den Mund halten muß.

Ich frage mich, ob Krändel eigentlich stolz ist auf das, was er mit Lisa getan hat. Später wird er natürlich sagen, daß es ihm leidtut, aber was verrät das schon über den Augenblick – über die Tage, Wochen, die Krändel in seinen Gedanken oder in Wirklichkeit mit Lisa zusammengewesen ist?

Schließlich sage ich, daß ich mich weigere, hier zu reden. Ich komme mir ja vor wie in der Schule, sage ich, und als Johanna versucht zu lachen: Meinetwegen auch komisch.

Krändel nickt.

Ich schlage vor, daß wir uns in einigen Tagen noch einmal sprechen, wenn ich Zeit gehabt habe, mir alles zu überlegen. Und jetzt, sage ich, soll jeder gehen, wohin er will.

Ich sehe, wie Lisa sich bei mir einhängt. Johanna schüttelt den Kopf. Aber Lisa küßt mich, wir küssen uns, und ich flüstere ihr zu: Ich habe gar nicht gewußt, daß ich noch so hungrig bin.

Krändel hat sich Johanna zugewendet und bedeutet mir mit dem Kopf, daß wir gehen sollen: er wird für alle bezahlen. Es ist wie ein letzter Stich.

Arm in Arm gehen wir zusammen die Straße hinunter. Später werden wir so tun, als ob wir uns ohne Worte verständigen könnten. Berührungen am Kopf, Küsse, Gesten, die uns zu Lisas Bett führen.

Lisa drängt nicht darauf, daß ich etwas sagen muß. Insgeheim stelle ich mir Bedingungen, die natürlich sinnlos sind, etwa: wir werden warten müssen, bis ich mit Krändel gesprochen habe. Arm in Arm: es kommt mir vor, als würde ich Lisa ein Schauspiel geben. Ich gebe Lisa ein Schauspiel und werfe ihr heimlich vor, daß sie es nicht durchschauen will, daß sie lächelt, wenn ich sie küsse und stumm nach etwas suche, was mich von ihr freimachen könnte, während ich mich an ihr festhalte.

Eine Woche später findet die Begegnung mit Krändel statt.

Krändel hat dafür gesorgt, daß wir nicht gestört werden. Johanna ist mit seinen Eltern und dem Kind nach Kufstein gefahren, um einen Ausflug zu machen. Er zeigt mir das Telephon, das er ausgehängt hat, und wir erinnern uns eine Weile, wie das Telephon früher immer unsere Gespräche an Stellen, die uns jetzt wichtig vorkommen, unterbrochen hat. Nach und nach entsteht etwas wie Offenheit – nein, keine wirkliche Offenheit, eine Art Wettstreit darüber entsteht, in dem jeder den anderen überbieten will, ohne daß wir von Lisa sprechen müßten. Es ist ein Name, den wir vermeiden.

Im Nachhinein habe ich den Eindruck, als hätte er nur die Eigenschaften, die ich an ihm nie laut kritisiert habe, noch einmal hervorheben wollen: diese Bereitschaft, vom Thema abzuschweifen, oder zu lachen, wenn es gerade unpassend ist, oder zwischendurch einfach meine Sprache zu korrigieren. Ich rufe, daß er mir wie ein Lehrer vorkommt, und er entschuldigt sich gleich. Er sagt, daß es ihm nicht mehr auffällt; von seinen Eltern hat er es ja nie anders erlebt. Und wenn ich ihm vorwerfe, daß er mich auslacht, antwortet er, ich müsse doch verstehen, daß er nur aus Verlegenheit lacht.

Er erzählt mir, wie sehr er sich abmüht, davon herunterzukommen.

Wir sind allein in Krändels Zimmer. Wieder sitzen wir an dem kleinen altertümlichen Tisch, auf dem wie früher eine Platte mit Kuchen steht. Krändels Versuche, sich zu ändern: ich denke, daß er sich mit diesen Versuchen jedem Angriff entzieht. Was ich ihm sagen werde, hat er schon vorausbedacht. Und ich habe den Wunsch, zu Krändel grob zu sein und ihm vielleicht plötzlich mit der Hand ins Gesicht zu fahren, ein Wunsch, der sich in seiner Anwesenheit langsam steigert. Die Haut in seinem Gesicht ist prall und rötlich, als sei er gerade aus einem Bad gestiegen.

Er spricht immer weiter, wenn er nicht unterbrochen wird, und ist jetzt schon bei einem seiner wissenschaftlichen Projekte angelangt.

Er fragt: Möchtest du nicht mitarbeiten?

In Wirklichkeit, sagt er, hättest du dich doch schnell wieder in die Sache hineingefunden.

Ich rufe, daß ich ihn rücksichtslos finde, und weiß doch, daß er die besten Absichten hat.

Auch jetzt versteht er mich. Er legt mir die Hand auf die Schulter und schüttelt den Kopf. Aber dann fängt er an, von Johanna zu sprechen.

Ich müsse wissen, sagt er, daß ihm etwas ähnliches mit einem Freund und Johanna passiert ist.

Es ist eine lange Geschichte. Krändel beginnt, auf ein Papier zu zeichnen, während er sie erzählt. Er nennt den Namen des Freundes nicht, aber es kommt mir so vor, als ob ich ihn kenne. Die Geschichte läuft darauf hinaus, daß er mit diesem Freund jetzt eigentlich erst richtig bekannt ist. Und das, sagt er, hoffe ich auch von uns. Wir können doch immer von vorn anfangen.

Ich sage: Ich glaube nicht. Und dann erzähle ich, daß ich ihn eigentlich nicht mehr sehen wollte.

Aber verstehst du, sagt er, ich habe doch nur so wenig von

dir gewußt, daß ich gar nicht an dich gedacht habe. Und dann habe ich dich ja immer für einen Menschen gehalten, dem man nichts anhaben kann.

Er hält meinen Arm über den Tisch gepackt und will mich nicht loslassen.

Und ich sage, daß es doch nicht wegen Lisa ist: ich habe diesen Gedanken schon gehabt, noch ehe ich etwas von der Geschichte mit Lisa wußte. Ich sage ihm, daß er mich oft enttäuscht hat. Und er sagt wieder, daß er mich sehr gut verstehen kann. Es ist ein Verständnis, das ich nicht haben will. Damals jedenfalls ist es mir wie eine Anmaßung vorgekommen.

Er sagt: Ich habe mich ja immer mit sehr vielen Leuten umgeben.

Er hat meinen Arm losgelassen und ist aufgestanden. Ich denke, daß er sich immer als etwas Besonderes darstellen wollte: im Mittelpunkt einer ganzen Gruppe zu stehen.

Und die meisten, fährt er fort, habe ich natürlich enttäuschen müssen. Ich habe ihnen zuviel versprochen.

Während er in den Garten sieht, aus dem wir leises Vogelgezwitscher hören, sagt er: Ich habe sie enttäuscht, weil ich zu keinem Nein sagen konnte.

Weil ich zu keinem Nein sagen konnte.

Die Zweige der Obstbäume, die jetzt grün sind, machen die Schatten im Zimmer lebendig. In diesem Augenblick finde ich, daß es für mich Zeit wäre, fortzugehen; ich habe zu den Leuten gehört, zu denen Krändel hätte Nein sagen müssen.

Er begleitet mich noch an die Gartentür. Über die Mauer reichen wir uns die Hände, und seine Stimme klingt besorgt, als er mich fragt, was denn jetzt mit Lisa werden solle.

Ich weiß es nicht.

Ich glaube, daß es nicht mehr lange gutgeht, sage ich.

Vielleicht weide ich mich ein bißchen an seiner Verzweiflung, die ich nicht ernst nehme. Ich sehe, daß seine Augen feucht werden, und er erklärt mir, daß ihm etwas ins Auge gekommen ist.

Also dann, sage ich.

Wir sind an der niedrigen Mauer, die den Krändelschen Garten von der Straße abtrennt. Ich stehe auf dem Trottoir, Krändel auf dem Rasen, der bis ans Haus heranreicht.

Vielleicht, sagt er, können wir einmal zusammen ins Kino gehen. Gehst du immer noch so oft ins Kino?

Ich sage: Ich gehe doch nur ins Kino, wenn ich allein bin. Er lehnt sich über das Gartentor und hat die Hände auf den Latten verschränkt.

Wenn ich schuld sein sollte, daß es zwischen Lisa und dir nicht mehr geht, sagt er und schweigt eine ganze Weile: Ich kann dir nur sagen, daß es mir herzlich leid tut.

Ich sage: Du brauchst dich nicht zu entschuldigen. Ich sage, daß Lisa doch nichts mit uns zu tun hat, und glaube es fast. Wir werden telephonieren, sage ich.

Wir werden noch einmal anfangen.

Ich sehe ihm an, daß ihn das erleichtert.

Später habe ich ihn nie angerufen, und eigentlich macht es mich traurig. Ich denke an Krändels Eifer, der manchmal so ansteckend ist; ich denke an all seine Eigenschaften, für die ich mich rächen möchte, wenn ich ihn gerade beneide.

XIX

Die Lüge, daß Johanna verschollen ist, wächst immer weiter. Das heißt: es werden immer neue Erfindungen notwendig, um diese eine aufrechtzuerhalten. Ich versuche, mir vorzustellen, wie ihre Eltern darauf reagieren.

Johannas Vater wird vor allem versuchen, seine Frau zu beruhigen. Er sagt vielleicht: Sie wird schon wiederkommen, wenn sie Hunger hat.

Aber seine Frau beruhigt sich natürlich nicht. Wie kannst du, ruft sie, nur so ungerührt dasitzen, wenn deiner Tochter weiß Gott was passiert ist?

Sie stellt sich verschiedene Unfälle vor.

Ich kenne Johannas Eltern nicht. Johannas Mutter jedenfalls soll den armen Krändel ganz schön unter Druck setzen. Sie möchte wissen, was jetzt aus dem Kind werden soll, das Krändel weder ihr noch seinen eigenen Eltern für längere Zeit überlassen will.

Das Kind leidet natürlich, und Johanna sagt oft, daß sie es einfach mitbringen möchte, aber dann hat sie Angst, es könnte uns verraten und alles noch schwieriger machen.

Die Eltern würden beginnen, in unserer Wohnung anzurufen und vielleicht mit der Polizei drohen, weil sie vergessen haben, daß ihnen die Polizei bei Johanna nichts mehr helfen kann.

Manchmal trifft sie das Kind heimlich – indem sie es zum Beispiel vom Kindergarten abholt, und dann steigern Johannas und Krändels Mutter, die sich natürlich gleichermaßen beteiligen, ihre Nachforschungen, und die Geschichten, die Johanna erfindet, damit das Kind sie nicht verrät, und die Geschichten, die das Kind erfindet, um Johanna gegen seine Großmütter in Schutz zu nehmen, und die Geschichten, mit denen die Großmütter den Eifer, mit dem sie ihre Fragen vorbringen, zu rechtfertigen suchen, verwirren es immer mehr, so daß Johanna eines Tages feststellt, daß es nicht mehr zurückkann. Und das vergrößert wirklich die Schwierigkeiten. Denn das Kind, weit davon entfernt, sich jetzt zu beruhigen, fängt immer wieder an, in der Nacht zu schreien. Oder es kriecht aus dem Bett, das Johanna ihm neben ihrem Lager gebaut hat, und trampelt auf dem Holzfußboden herum, der so leicht ins Schwingen kommt und das ganze Zimmer bis in die doppelten Fenster erdröhnen läßt. Die ersten Beschwerden der Nachbarn sind eingegangen. Johanna, die unter dem äußeren Druck langsam dicker wird, hat kein Mittel gefunden, um den Ausbrüchen des Kindes zu begegnen. Versprechungen, Drohungen, Zärtlichkeit – jede Art ihrer Zuwendung ist erfolglos; jedenfalls erreicht sie nicht damit, was sie will. Sie sagt, daß sie es nicht mehr aushält. Tagsüber ist das Kind übrigens, als wäre nichts gewesen: vielleicht ein bißchen still, weil es müde ist. Aber das, was man ein wohlerzogenes Kind nennen würde. Zum Beispiel in der Lage, sich stundenlang mit meinen Farbstiften zu beschäftigen und Bildergeschichten zu malen.

Jetzt erzähle ich alles der Reihe nach: Johanna ist eines Abends plötzlich in der Wohnung gewesen. Ich komme von einem Spaziergang zurück und finde sie in der Küche am Tisch sitzen. Sie erhebt sich nicht, als ich komme. Überhaupt verhält sie sich so, als ob ich nicht anwesend wäre. Die Fragen, die ich ihr stelle, als meine Überraschung nachgelassen hat, bleiben ohne Antwort. Stumm rührt sie in ihrem Essen, und ich sehe ihren Blick, diesen Blick, der mir so gefallen hat, aber der Blick geht an mir vorbei, auf die Wand, auf den Boden, durch mich hindurch, wenn es sein muß. Es gibt mir die Vorstellung, daß ich unsichtbar bin, und ich rufe: Hier bin ich, hier bin ich. Ich benehme mich dabei albern und winke ihr zu, ohne daß es mir gelingt, sie zum Lachen zu bringen.

Sie ist, sage ich laut, wie ein Kind, von dem man keine Erklärung verlangen kann.

Ich gehe wieder in den Flur, um den Mantel abzulegen. Nach der ersten Wärme ist der Mai kalt geworden, kühler noch als der April. Meine Haare sind naß vom Regen. Ich sehe Licht durch das Fenster von Lisas Tür, und später, nachdem ich noch eine ganze Reihe von Dingen erledigt habe, als ob sie jetzt notwendig wären, klopfe ich an, um mit ihr zu sprechen.

Sie sitzt über ihre billige Nähmaschine gebeugt. Ich sehe ihr zu, wie sie arbeitet. Sie arbeitet an einem Kleid. Eine Rolle von ungefärbtem Baumwollstoff liegt neben ihr auf dem Boden.

Was ist los? frage ich.

Sie steht auf, um mich zu umarmen.

Johanna, sagt sie, bleibt hier, weil es ihr nicht gutgeht. Sie hat Angst.

Warum hat sie Angst?

Lisa antwortet, Kröndel habe gesagt, daß er sich von Johanna trennen will.

Sie hat ihre Hände auf meine Schultern gelegt. Der Regen schlägt hinter meinem Rücken gegen die Scheiben.

Johanna bleibt über Nacht. Sie bleibt nicht nur über diese Nacht, sie bleibt länger, und Lisa, die ihr das eigene Zimmer überlassen hat, ist mit ihrem Bett ins Wohnzimmer gezogen.

Ich habe mich nicht dagegen gewehrt. Inzwischen ist es so, daß wir wie früher miteinander reden, Johanna und ich. Lisa geht ja meistens schon um sieben ins Büro, und dann sitzen wir oft zusammen in der Küche, ehe auch sie die Wohnung verläßt. Sie sucht eine Halbtagsstelle als Pflegerin, damit sie sich gleichzeitig um das Kind kümmern kann. Zu Krändel, sagt sie, möchte sie nicht zurück.

Er steht eines Tages vor der Tür und ruft, daß Johanna zurückkommen soll. Ich weiß, ruft er, daß du hier bist.

Johanna ist schon gegangen.

Ich sage ihm nichts. Das heißt, ich sage ihm, daß ich keine Ahnung habe, wo sich Johanna befindet, aber nicht, daß das eben nur für den Augenblick stimmt. Außerdem glaubt mir Krändel kein Wort. Ich warte darauf, daß er noch mehr unternehmen wird – er macht eine Geste, als wolle er sich an mir vorbei in die Wohnung hineindrängen – aber dann zuckt er plötzlich mit den Schultern und ist gegangen, ehe mir etwas einfällt, das ich ihm sagen könnte.

Johanna meint, daß es so am besten ist.

Am Anfang bin ich dabei gewesen, wenn sie in Lisas Zimmer die nächsten Schritte besprachen.

Lisa sagte, daß Krändel jetzt deprimiert sei; er werde alles geschehen lassen.

Zu diesem Zeitpunkt begannen sich Krändels und Johannas Eltern einzumischen; besonders Krändels Mutter war es natürlich nicht verborgen geblieben, was sich in *ihrem* Haus gerade ereignet hatte. Sie drängte darauf, daß Krändel sich scheiden ließe. Das Kind, sagte sie, müsse ihm zugesprochen werden, weil ihn Johanna böswillig verlassen hätte. Sie wolle ja nur klare Verhältnisse schaffen, Verhältnisse vor allem, in denen Krändel wieder arbeiten könne, wie er es gewohnt war.

Johanna sagt: Er kann nicht mehr arbeiten?

Und Lisa: Du kennst ja diese Perioden, in denen er sich in Kneipen herumdrückt und stundenlang Billard spielt oder Schach.

Sie sitzen zusammen an Lisas Kleid, das sie jetzt fertiggenäht hat, und schmücken es mit kleinen Glasstücken und Stickereien. Johanna kann Lisa zeigen, wie das gemacht wird. Ich mache mir ein Kleid zu meinem Hut, hat mir Lisa erklärt. Es ist dieser Hut, den sie damals auf dem alternativen Jahrmarkt gekauft hat. Jetzt liegt er zum Vergleich auf Lisas Schreibtisch. Johanna ist sicher, daß sie ihn übertreffen werden. Man könnte, sagt sie träumerisch, selber einen Hut herstellen.

Später ruft sie, daß sie in Wirklichkeit eben doch zu Krändel zurückgehen müßte.

Lisa sagt: Aber jetzt wirst du doch nicht mehr aufgeben wollen.

Sie nimmt das Stück auf, an dem Johanna gearbeitet hat, und versucht selber, ein paar Stiche zu machen.

Wir müssen doch lernen, daß wir wenigstens an uns selber festhalten.

Als ich finde, daß Lisa recht hat, ist mir Johanna fast böse dafür.

Was weißt du schon von Krändel, sagt sie zu mir.

Aber sie läßt sich von uns dazu überreden zu bleiben, als wir ihr vorschlagen, daß sie das Kind zu uns bringen soll.

Nach zwei oder drei Tagen ist es so geschehen. Johanna hat das Kind aus dem Kindergarten abgeholt und stellt es mir noch einmal vor. Wir müssen uns die Hand geben, und als ich mich dabei zu dem Kind herunterbeuge, sagt sie: Ich hoffe, daß ihr euch gut vertragen werdet.

Wir vertragen uns gut. Natürlich unterbricht mich das Kind oft, besonders tagsüber, wenn wir miteinander allein sind, und am Anfang habe ich einige dieser Prüfungen bestehen müssen, wie sie Kinder Erwachsenen stellen. Vielleicht geht es auch nur, weil ich im Augenblick wenig schreibe. Ich habe jetzt endlich damit angefangen, meine amerikanischen Photos entwickeln zu lassen, und verbringe viel Zeit damit, sie nach und nach in einem Ordner zusammenzustellen. Ab und zu schenke ich der kleinen Johanna eins der Bilder, das ich nicht mehr gebrauchen will, wenn sie sich dafür interessiert. Ich habe ihr auch meine Farbstifte geschenkt, und während ich mit den Photos beschäftigt bin, hockt sie meistens am gleichen Tisch und kritzelt Bildergeschichten, die sie mir immer erzählt.

Ich erzähle ihr dafür Geschichten, die sich mit meinen Photos verbinden.

Aber das Verhältnis zu Johanna wird schlechter. Sie wirft mir vor, daß ich dem Kind zuviel schenke. Morgens, wenn wir beim Frühstück zusammensitzen, wissen wir nicht mehr, was wir sagen sollen, weil das Kind anwesend ist, besonders natürlich, wenn wir uns auf einen Streit zubewegen. Ich habe gesehen, daß die kleine Johanna unter lauten Worten zusammenzuckt. Wenn Johanna sie fragt, ob sie mit ihr fortgehen möchte, schüttelt sie nur den Kopf. Und Johanna geht allein, um mir später Vorwürfe zu machen, wenn wir einmal unter uns sind. Auch die Schwierigkeiten, die das Kind jetzt nachts macht, kommen, wie sie sagt, auf mein Konto. Sie arbeitet jetzt über Mittag in einem Café in der Nähe, das inzwischen in Mode gekommen ist und aus diesem Grund ziemlich teure Menüs anbietet. Sie hat nachts wenig geschlafen und kommt immer erschöpfter von ihrer Arbeit zurück, und natürlich macht das ihr Verhältnis zu ihrem Kind nicht besser.

Einmal rufe ich ihr zu, daß sie einsehen müsse, daß es keine Lösung ist. Darauf verlangt sie, daß ich von den Sitzungen, die zwischen ihr und Lisa stattfinden, ausgeschlossen werde: Man kann nicht frei sprechen, solange Männer anwesend sind.

Auch die Schwierigkeiten von außen haben in dieser Zeit zugenommen. Krändels Mutter spricht davon, daß Johanna das Kind entführt habe und droht entsprechende Schritte an. Ich glaube nicht, daß das ohne weiteres möglich ist, aber etwas anderes macht uns Sorgen: es ist im Mietvertrag ausgeschlossen, ohne Wissen des Vermieters weitere Personen in den Haushalt aufzunehmen. Die Anwesenheit von Johanna ist also verboten.

Könnte Krändels Mutter sich nicht einfach diese Tatsache zunutze machen, zumal sich ja schon einige Anwohner über das Kind beschwert haben?

Es beschäftigt Lisa, und ich kann ihr nichts antworten. Aber ich lasse sie denken, daß ich nicht antworten will; sie haben mich schließlich von ihren Sitzungen ausgeschlossen.

Lisa sagt, daß Johanna in diesem Augenblick doch Geduld und Vertrauen braucht. Aber warum, frage ich mich, sollte Lisa Johanna mehr Geduld und Vertrauen entgegenbringen als mir?

Das Benehmen von Johanna ist unerträglich geworden. Du könntest mir doch sagen, was ich mit dem Kind machen soll, sagt sie, als wir einmal allein sind; und als ich sie erstaunt ansehe, stellt sie fest: Du kennst dich doch so gut aus in Verhaltenstheorie, daß du für alles deine Erklärungen hast.

Ein andermal kommt sie an den Tisch, als sie mich schreiben sieht, um mir über die Schulter zu schauen und dann zu fragen: Warum schreibst du nicht etwas über Filbinger? Filbinger ist doch wichtiger. Und als ich schweige und so tue, als ob ich mich nicht stören ließe, fängt sie an, mir zu erklären, wer Filbinger ist, die ganze Geschichte, wie es zu seiner Abdankung kam.

Ich gebe zu, daß meine Antworten jetzt nicht freundlicher sind als ihre Bemerkungen. Ich schäme mich vor dem Kind, das alles gehört hat und aus dem Zimmer läuft.

Manchmal möchte ich Lisa sagen, daß sie Johanna davonjagen soll, und fürchte mich vor der Antwort, die sie mir geben wird.

Lisa sagt, daß sie Johanna jetzt nicht im Stich lassen kann.

Johannas Mutter und Krändels Mutter sind im Augenblick einer Meinung.

Ich höre, wie Johanna und Lisa in Lisas altem Zimmer darüber sprechen. Dann werden ihre Stimmen leiser.

An der Tür hängt jetzt ein Schild, daß man nicht hereinkommen darf, weil Lisa gerade meditiert.

Einmal bin ich trotzdem hineingegangen. Ich sah sie Arm in Arm auf dem Bett sitzen, das jetzt Johannas Bett ist. Sie haben nicht damit aufgehört, sich zu streicheln; erst, als das Kind hereinläuft und sich jauchzend beteiligen will, weil es das für ein neues Spiel hält. Johanna wendet sich dem Kind zu und sagt: Ich glaube, daß du jetzt schlafen mußt.

Nachher habe ich die Tür immer verschlossen gefunden. Lisa wehrt sich gegen mein Mißtrauen. Sie sagt: Würdest du uns garantieren, daß du unsere Gespräche nicht mehr unterbrichst?

Ich sage: Ich würde es nicht tun.

Ich nehme das Kind bei der Hand, um einen Spaziergang zu machen.

Bei einer anderen Gelegenheit fange ich wieder an: Ich finde, sage ich, du solltest dich nicht selber aufreiben.

Ich habe Lisa gerade gefunden, wie sie auf dem Küchenfußboden sitzt.

Sie sagt: Es ist ihre Sache.

Es hat ja auch niemand etwas dagegen, wenn sie sich mit ihrem Geschäftsplan aufreibt, der gerade dringend fertiggemacht werden muß.

Ich helfe ihr aufzustehen und schließe sie in die Arme und helfe ihr aus dem Mantel und sage nichts.

Aber das, was ich nicht gesagt habe, läßt mir keine Ruhe. Es fällt mir nachher ein, als wir nicht mehr allein sind, und kommt wieder, wenn ich nachts aufwache und keine Ablenkung habe. Und Gespräche, die nachher zwischen Lisa und mir stattfinden, führen wie zufällig immer wieder darauf, bis der Streit offen ausbricht.

Ich erwähne beiläufig ihre Zärtlichkeiten, die ich gesehen habe.

Darauf Lisa: Was denn an Zärtlichkeiten weiter schlimm ist? Es gibt einem das Gefühl, das man Hilfe bekommt, sagt sie. Und Zärtlichkeiten zwischen Frauen sind natürlich etwas anderes als Zärtlichkeiten zwischen Frauen und Männern.

Ich bestreite das nicht. Aber mir fällt eine Geschichte ein, die ich in der Therapie mit Luise erlebt habe. Und ich erzähle Lisa von einer Frau, die sich ähnlich wie sie geäußert hat.

Und eines Tages, sage ich, hat diese Frau geträumt, sie

hätte Luise geheiratet. Natürlich hat sie auch das erzählt, ohne sich etwas dabei zu denken.

Darauf sagt Lisa: Du bist sehr schlau.

Sie steht auf und läßt mich allein in der Küche sitzen und später höre ich, daß sie aus der Wohnung geht. Und natürlich mache ich mir Vorwürfe, daß ich sie nicht aufgehalten habe, um weiter zu reden, jetzt, wo mir noch so viel einfällt, das wir noch besprechen müßten.

Lange bewirke ich mit meinen Versuchen das Gegenteil, und Lisa wartet nur darauf, daß ich von vorne anfangen werde. In einem Gespräch, das harmlos verlaufen könnte, weil es über einen Film geht, den wir beide mögen, frage ich sie plötzlich, ob sie mit Johanna einen Orgasmus hat.

Es ist ein Gespräch, das durch die Heimkehr von Johanna unterbrochen wird, die spürt, daß wir uns gerade gestritten haben und Lisa daran erinnert, wie sie einmal von mir geschlagen wurde.

An einem der folgenden Tage bin ich Kaspar, dem wirklichen Kaspar, begegnet.

In unserer Gegend machen immer wieder kleine Läden auf, in denen man kaum einen Kunden sieht; eines Tages findet man dann ihre Scheiben verklebt und ein Schild an der Tür, das eine Neueröffnung ankündigt. Wenn ich länger weg bin, fängt das meistens damit an, daß ich in eine dieser Auslagen starre und darüber nachdenke, was ich mir kaufen könnte. Natürlich gibt es auch Auslagen, die mich nicht interessieren. Es gibt ein Geschäft, das sich auf Golfausrüstungen spezialisiert hat, oder ein anderes, das mit Kitsch der fünfziger Jahre handelt. Aber dann kann man auch Fenster mit altem indischen Silberschmuck sehen oder Galerien mit afrikanischen Schnitzereien. Nicht, daß ich wirklich etwas in dieser Art kaufen würde, aber der Gedanke daran reizt mich. Ich denke darüber nach und kaufe später etwas, das ich ohnehin kaufen müßte.

An diesem Tag fällt mir ein, daß ich eine Hose brauche. Ich habe jetzt übrigens Geld, das nicht von Lisa kommt. Ich habe festgestellt, daß meine Mutter mir Geld überweist, seit wir wieder telephonieren. Um diese Hose zu kaufen, gehe ich in die Hohenzollernstraße, und dort, im Hosengeschäft, treffe ich also Kaspar, der dabei ist, sich für Griechenland auszurüsten.

Am Anfang hätten wir uns fast nicht erkannt. Er jedenfalls hatte sich verändert. Er war dicker geworden, und die Haare, lange nicht mehr geschnitten oder gewaschen, fielen in häßlichen Strähnen über seinen Kragen. Ich meine: er sah nicht mehr so fein aus, so überlegen, wie ich ihn in Erinnerung hatte. Und ich hatte nichts dagegen, mich jetzt mit ihm zu unterhalten. Kaspar gibt einem immer noch das Gefühl, daß man sich eigentlich Zeit lassen kann, und ich sagte ihm schließlich: Warum stehen wir hier herum, wenn wir uns auch in ein Lokal setzen können? Wir gingen, ohne etwas gekauft zu haben.

In der Nähe des Ladens ist ein Restaurant, das wohl an ein französisches Bistrot erinnern soll. Ich bestellte Kognak. Kaspar bestellte Bier. Schließlich, sagte er, muß ich jetzt das trinken, was ich in Griechenland kaum bekomme.

Wir sprachen dann über die Erinnerungen, die wir einmal geteilt hatten.

Kaspar fragte, ob ich noch immer solche Schwierigkeiten mit meiner Mutter habe. Und ich erinnerte mich jetzt, daß Kaspars Mutter (jedenfalls erzählt er das, denn ich bin nicht bereit, Kaspar sehr viel zu glauben) sich niemals richtig um ihn gekümmert hat, weil sie sich einbildete, daß sie eine berühmte Schauspielerin war.

Was wir uns sagten, sah nach Vertrauen aus, aber ich glaube nicht, daß wir uns wirklich vertrauten. Ich erinnere mich zum Beispiel, Kaspar das ganze Gespräch über in dem Glauben gelassen zu haben, ich wäre gerade erst zurück aus Amerika.

Hast du schon eine Wohnung? fragte er mich.

Er interessiert sich dafür, sein Zimmer die Zeit über, die er in Griechenland ist, zu vermieten.

Ich sagte: Ich bin in der Wohnung einer Freundin untergekommen.

Kaspar wollte wissen, ob es immer noch dieselbe war. Ich glaube, daß Kaspar für lange Beziehungen kein Verständnis hat.

Ich möchte, sagte ich, solange bei einer Beziehung bleiben, bis ich alles über sie weiß.

Kaspar nickte. Er trank jetzt sein zweites Bier. In Deutschland, erzählte er, bin ich immer etwas alkoholisiert.

Es ist ein Gespräch, das jeder für sich führt und das endet, wenn jeder für sich glaubt, daß er zu einer Erkenntnis gekommen ist. Und natürlich gibt man dabei nicht sonderlich darauf acht, was der andere wirklich gesagt hat. Man bestätigt sich, wenn man glaubt, daß es darauf ankommt. Ich nickte also zum Beispiel, wenn Kaspar von seinem Drehbuch erzählte: Er wäre zu dem Schluß gekommen, daß er es in Deutschland niemals fertigschreiben würde. Und Kaspar stimmte meiner Ansicht zu, daß keine Beziehung wirklich von Dauer ist.

Hier, sagte Kaspar, gibt es zu viele Anrufe, zuviel . . . Er erzählte den Rest mit einer Handbewegung.

Ich bin nur froh, sagte er, daß ich keine Kinder habe. Ich sagte: Man macht sich vor, daß man sich liebt, wenn man sich nicht trennt, und dann findet man eines Tages heraus, daß man nur nicht zueinander Nein sagen kann. Ich meine, Lisa und ich, wir können beide überhaupt nicht Nein sagen, und darin passen wir auch so gut zusammen.

Kaspar rechnet mir vor, daß er, wenn er nur drei Monate in Deutschland arbeitet, den Rest des Jahres in Griechenland leben kann, wie er will.

Ich hätte ihn fragen sollen, was er eigentlich tut. Als wir uns verabschiedeten, hat er versprochen, daß er mich anruft, aber der Anruf kommt nicht, und eigentlich habe ich es auch nicht anders erwartet.

Vielleicht liegt es daran, daß gewisse Zustände Alltag werden, daß ich mich vorerst nicht von Lisa getrennt habe. Man gewöhnt sich an diese Zustände, als ob man selber ein anderer wäre. Ich habe ungefähr das Gefühl, in einem Aquarium zu sitzen: durch das Glas sehe ich meine Hände, die sich zu Lisa wie früher benehmen. Ich sehe, daß meine Lippen sanft über ihr Gesicht fahren, über ihre Brüste: Berührungen, die ich früher für zärtlich gehalten habe, und ich höre, wie meine Stimme Lisa darüber hinwegtrösten will, daß sie sich mit Johanna gestritten hat.

Es geht darum, daß Krändel, wie Lisa berichtet, mit Johanna zusammentreffen will, um sich gütlich zu einigen.

Lisa ist dagegen.

Es würde, sagt sie, zu einem Rückschlag führen.

Johanna wirft ihr vor, daß sie es eigentlich selber auf Krändel abgesehen habe.

Sie ist dann wütend aus dem Haus gelaufen.

Später hat sie das Kind zu ihrer Mutter gebracht, angeblich wegen mir; ich habe versucht, dem Kind die Situation in unserer Wohnung zu erklären.

Jetzt, wo ich wieder häufiger mit Lisa allein bin, scheint es mir manchmal, als könnte ich sie noch einmal für mich zurückgewinnen. Es ist keine Vorstellung, die mich jetzt glücklich macht; eher etwas von einem kleinen, letzten Triumph.

Einmal haben wir sogar zusammen geschlafen, weil Lisa das wollte.

Später war sie nicht sicher, ob es die richtige Zeit gewesen war.

Ich sehe sie noch am Fenster stehen, wie sie in ihrem Kalender blättert, ehe sie sich beruhigt und ins Bett zurückkommt. Ich sehe, wie meine Hände über ihren Körper fahren, um sie warmzureiben. Sie hat eine Gänsehaut.

So leben, als ob man selber ein anderer wäre: es ist, als ob ich etwas geschehen ließe, was ich mir selber nicht zumuten kann, und manchmal, wenn ich allein in der Wohnung bin und mir die richtige Platte aufgelegt habe, weine ich Tränen, die eigentlich zu diesem Leben gehören würden.

Lisa könnte mich fortschicken, wie es Johanna verlangt. Sie sieht nicht ein, ruft sie, daß sie nicht mit Krändel sprechen solle, solange ich hier im Haus bin.

Manchmal spreche ich selber mit Johanna darüber, aber sie ist jetzt freundlicher. Wir sprechen eher wie zwei Leute, die sich beide bemühen, von hier fortzugehen. Johanna fragt mich, ob ich ein Zimmer weiß, und ich spreche von Kaspar und seinen Griechenlandplänen oder von Anzeigen, die ich in der Zeitung gesehen habe.

Johanna, die Kaspar offenbar kennt, sagt, daß sie von ihm nichts mehr wissen möchte.

Am Anfang habe ich den Verdacht gehabt, daß sie mit mir nur reden will, um ihre Erkenntnisse nachher bei Lisa gegen mich zu verwenden, und wartete auf eine Entdeckung.

Ich warte immer noch, obwohl es mich im Grunde genommen gleichgültig läßt. Das Benehmen von Lisa zu mir hat sich nicht geändert. Im Gegenteil, wir machen sogar zusammen den einen oder anderen Besuch, obwohl sich Lisa früher nichts daraus gemacht hat, dabeizusein, wenn ich mit Freunden zusammentraf, die wir nicht gemeinsam hatten. Jetzt begleitet sie mich zum Beispiel, wenn ich zu Tauchmann eingeladen bin.

Tauchmann ist ein älterer Schriftsteller, der sozusagen meine Förderung übernommen hat. Das heißt: er gibt mir Ratschläge, was ich an meinen Manuskripten verbessern soll, und wenn ich irgendwann damit fertig würde, könnte er mich wahrscheinlich einem Verlag empfehlen. Aber darum gehe ich eigentlich nicht zu ihm hin. Ich gehe hin, weil es mir guttut, mit jemand zu reden, mit dem ich keine besonderen

Schwierigkeiten habe. Tauchmann, der einmal Buchhändler gewesen ist und Rezensionen schreibt, weil er davon leben muß, weiß zum Beispiel viel mehr über Literaturgeschichte als ich, und es ist schön, ihm zuzuhören, wenn er etwas über Bücher erzählt, oder von den Autoren, die er gekannt hat.

Lisa sorgt dafür, daß er von ihr bezaubert ist. Jedesmal, wenn wir später telephonieren, trägt er mir Grüße für sie auf.

Während wir sprechen, sehen wir ihr zu, wie sie sein Kind auf dem Arm hält, das jetzt ein halbes Jahr alt ist und Hänschen genannt wird.

Tauchmann sagt, man sehe, daß sich Lisa mit Kindern auskennt. Jedenfalls scheint sich das Kind bei ihr wohlzufühlen, und Tauchmanns Freundin, die am Anfang am Tisch sitzengeblieben ist, damit sie vielleicht eingreifen kann, kommt schließlich zu uns herüber, um sich an Tauchmanns Gespräch zu beteiligen.

Später, als wir über den Besuch sprechen, sagt Lisa, daß sie selber gern ein Hänschen hätte.

Meine Antwort darauf geht verloren, weil Johanna zurückkommt, die erzählt, daß sie Krändel getroffen habe. Sie beeilt sich, Lisa den Arm über die Schulter zu legen und sie in ihr altes Zimmer zu ziehen.

Ich gebe mir längst keine Mühe mehr, darauf zu achten, was in diesem Zimmer geschieht, und die Fragen, die ich Lisa stelle, täuschen allenfalls ein Verständnis vor, das ich nicht habe. Ich sage ihr damit, daß mir ihr Aussehen Sorgen macht, diese Müdigkeit, die nicht mehr aus ihrem Gesicht fortgehen will, und zweifle daran, daß sie den Aufgaben, die sie sich stellt, noch gewachsen ist.

Auch jetzt, wo sie über das Treffen mit Krändel sprechen, setze ich mich an meinen Schreibtisch und hole die Ordner mit den amerikanischen Fotos heraus. Ich habe wieder einen Film, der fertiggeworden ist. Als ich den Umschlag mit den Abzügen öffne, bemerke ich, daß es lauter Bilder von Luise geworden sind, keine Landschaften. Es ist eine unangenehme

Erinnerung, und ich weiß nicht, was ich mit diesem Stoß anfangen soll. Ich nehme mir vor, die nächsten Negative besser zu kontrollieren.

Zwei oder drei Wochen später entscheidet sich, daß Johanna gehen wird. Sie wird von einer Frau in einem blauen Kleid abgeholt, die ihr mit dem Gepäck hilft. Ich sehe ihnen zu, wie sie Johannas Sachen in zwei große Koffer einpacken. Es sind nicht sehr viele Sachen. Sie haben in den zwei Koffern reichlich Platz. Die Frau, die mit einer energischen Stimme redet, so daß man denken könnte, sie würde Johanna Anweisungen geben (aber sie erzählt nur eine Geschichte, die ihr irgendwann auf einem Tennisplatz passiert ist), ist nicht Johannas Mutter, wie ich anfangs gedacht habe. Johanna kennt sie aus dem Café, in dem sie serviert hat. Und was wirst du machen? fragt sie mich zum Abschied.

Ich sage: Vielleicht gehe ich nach Griechenland.

Ich finde nicht, daß sich mit dem Fortgang von Johanna etwas gebessert hat.

Lisa ist niedergeschlagen, und wir streiten uns darüber, daß sie wieder zuviel arbeitet. Sie trifft sich immer noch mit beiden – ich meine, Johanna und Krändel – und sagt mir, daß sie sich ja nicht meinetwegen von aller Welt isolieren kann.

Tauchmann redet mir zu, daß ich an meinem Manuskript weiterarbeiten soll.

Einmal lese ich eine Anzeige von einer Wohngemeinschaft, die noch Leute sucht, aber die Frau, die sich am Telephon meldet, sagt mir, daß es schon zu spät für mich wäre.

Heute abend hat mir Lisa etwas mitgeteilt, das wahrscheinlich unser Leben verändern wird.

Ich frage sie, ob sie nicht in meinem Manuskript lesen will: Tauchmann ist der Ansicht, daß es fast fertig ist.

Lisa zuckt mit den Achseln: Nein.

Es interessiert dich nicht? frage ich.

Lisa antwortet, daß sie müde ist. Ich lese ja auch nichts anderes, sagt sie mir.

Und am Wochenende?

Am Wochenende hat sie etwas vor.

Ich soll Lisa in Ruhe lassen. Lisa ist angespannt.

Was meinst du mit angespannt? frage ich sie.

Lisa hat Angst.

Ich warte auf eine weitere Erklärung. Wieder sitzen wir in der Küche. Der Kühlschrank hat sich eingeschaltet und läßt mich merken, wie leise Lisas Stimme immer noch ist.

Hinter ihrem Rücken ein Plakat, das ich in den letzten Tagen entworfen habe: One No in time saves Nine. Buchstaben aus verschiedenem Rot, die auf braunen Karton gezogen sind. Ich denke über das Wort Nein nach, das plötzlich in meinem Leben eine so große Rolle spielt. Wenn man erst einmal darauf achtet, entdeckt man es überall.

Ich kann nicht Nein sagen; dafür sage ich Nein zu mir selber. Lisa kann nicht Nein sagen. Usw.

Ich sage mir, daß Lisas Angst sicher wieder mit Johanna oder Krändel zu tun hat.

Was ist also mit Johanna? möchte ich sie fragen. Sie ist aufgestanden. Sie steht an unserem Gewürzbrett neben der Balkontür. Sie sieht hinaus. Es ist immer noch hell. Es ist ein Abend, an dem man die Tür auflassen kann. Unten im Hof arbeiten zwei Jungen an ihrem Motorrad.

Lisa erzählt jetzt, daß ihre Regel ausgeblieben ist.

Wie lange? frage ich sie.

Lisa sagt, daß sie das nicht genau weiß. Sie müßte gekommen sein, als ich damals mit ihr geschlafen habe. Jetzt kann sie sich nicht erinnern.

Und sonst sind es fast vier Wochen, sagt sie.

Ich sage ihr: Früher habe ich immer ein Kind haben wollen, aber du hast es abgelehnt.

Sie schaut in den Hof hinaus und sagt nichts.

Warum hast du es mir nicht gleich gesagt? will ich wissen.

Ich bin ja nicht sicher, antwortet sie.

Irgendwie gibt es mir den Verdacht, daß das Kind eigentlich nicht von mir ist, und ich erinnere mich an diese Wendung, sie habe in Berlin Kontakte gehabt.

Ich sage mir, daß es jedenfalls damals nicht gewesen sein kann.

Ich müßte natürlich, überlege ich laut, als Hausfrau noch etwas perfekter werden. Wenn ein Kind da ist, kannst du schließlich nicht einfach einen Tag ausfallen lassen. Als die kleine Johanna da war ...

Sie unterbricht mich: Sei still. Ich habe dir doch gesagt, daß ich nicht sicher bin.

Willst du es denn überhaupt haben, frage ich sie; du hast mir immer erzählt, daß du davor Angst hast.

Sie antwortet: Abtreiben lassen könnte ich es jedenfalls nicht. Dazu steckt wahrscheinlich noch zuviel katholische Religion in mir drin.

Sie erinnert sich, daß sie mir das schon oft erzählt hat. Überhaupt, solange wir noch nichts wissen ...

Du wirst natürlich zum Arzt gehen, sage ich.

Sie fragt mich, wann sie es denn tun soll, wann.

Du wirst mir nicht erzählen wollen, daß du gerade dazu zuviel zu tun hast, sage ich und habe sie in Verdacht, daß sie sich schon entschlossen hat, das Kind zu bekommen, auch wenn es nicht von mir ist, oder gerade erst recht. Ich denke, daß sie vielleicht in Wirklichkeit schon beim Arzt war, daß sie genau Bescheid weiß und sich nur entschlossen hat, mir die Wahrheit in kleinen Dosen beizubringen.

Ich gebe zu, daß ich es nicht besser verdient habe. Und obwohl ich weiter nichts sage, ruft sie, ich solle sie jetzt in Ruhe lassen: Geh. Ich muß jetzt allein sein.

Ich gehe ins Wohnzimmer und lege eine der Platten auf, die mich traurig machen.

Es funktioniert auch diesmal. Eigentlich ist es keine besondere Musik; und die Sängerin singt die Lieder mit einem Vibrato, das kunstlos ist und sich gewissermaßen von ihrer Stimme verselbständigt hat. Aber ich weine.

Während ich weine, kommt Lisa herein. Sie berührt meine Hände, die auf meinem Gesicht liegen. Ihre Hände sind kalt. Sie ruft meinen Namen und gibt nicht auf. Ich weiß nur, daß ich, wenn mir jemand zusieht, nicht weinen kann. Die Platte hat aufgehört; am liebsten möchte ich sie noch einmal spielen. Lisa bleibt.

Mir fällt nichts besseres ein, als zu sagen, daß ich jetzt müde bin.

Darauf lächelt Lisa ein bißchen. Sie hat mir die Platte aus den Händen genommen und steckt sie in ihren Umschlag zurück. Das kommt mir bekannt vor, sagt sie. Das habe ich früher auch immer gesagt, wenn es mir in Wirklichkeit schlechtging. Erinnerst du dich?

Ich erinnere mich.

Wie es weitergehen soll, weiß ich nicht.

XX

Ich träume, daß Luise und ich in dieselbe Schule gegangen sind. Der Traum ist wie eine Erinnerung an etwas, das tatsächlich stattgefunden hat, und diese Erinnerung macht mich glücklich.

Am Telephon sage ich ihr, daß ich schon früher anrufen wollte. Aber ich hatte gewisse Schwierigkeiten.

Wir sprechen nicht über die Schwierigkeiten, die ich wirklich hatte. Wir sprechen von unseren Müttern, ohne daß einer dem anderen eine Andeutung macht, wie lange wir nicht miteinander gesprochen haben.

Luise sagt, daß sie an diesem Abend nichts besonderes vorhat. Es wäre doch schön, sagt sie, wenn du einfach vorbeikommen würdest.

Am Nachmittag suche ich zwischen meinen Büchern lange eins, das ich ihr schenken könnte, und nehme schließlich die Tagebücher der Anais Nin; es sind Bücher, die ich am liebsten behalten würde, und das ist mir gerade recht.

Im Haus, wo Luise wohnt, habe ich mich noch nie zurechtgefunden. Es geht aus der Anordnung der Klingeln nicht hervor, in welchem Stockwerk sich die Wohnung befindet, und ich habe das immer wieder vergessen.

Vom Treppenhaus, das einen Lichthof mit dreieckig-ovalen Plattformen bildet, zweigen Gänge nach links und rechts ab, die man gegeneinander nicht einsehen kann, und ich suche offenbar auf der falschen Seite. Ich suche mit einer gewissen Behaglichkeit, und obwohl ich weiß, daß es nicht unter dem Dach gewesen ist, wo sie gewohnt hat, suche ich gleich auch dort.

Sie wohnt am Ende des rechten Flurs im dritten Stock. Die Tür steht offen; so ist es gewöhnlich. Luise erwartet mich nicht an der Tür: man wird in die Wohnung gehen, um sie zu suchen. Im Flur hat Luise viele ihrer Bilder aufgehängt; kleine, undeutliche Aquarelle, an denen das Auffälligste vielleicht ihre Titel sind. Die Sonne nach dem Abschied, heißt eins, oder eins: Ein Regentag, wenn ich traurig bin. Oder eins: Ein Mensch streckt sich an den Himmel.

Ich kenne mich wieder aus und hänge meine Jacke an der Garderobe auf, die hinter einer Spiegeltür am Ende des Flurs versteckt ist. Luise finde ich in der Küche, wo wir uns um den Hals fallen und auf die Wangen küssen wie zwei Geschwister, die sich im Alter fremd geworden sind.

Auf dem Kühlschrank sehe ich einen Kuchen, der weiß überzuckert ist. Der Kuchen ist noch warm. Luise hat ihn gerade gebacken, und wenn ich ihr helfen will, kann ich mit ihrem Mixer die Sahne schlagen.

Luise macht einen Tee, und nachher sitzen wir an dem langen, ovalen Tisch, den sie lila gestrichen hat, und sehen den Kerzen zu, die Luise ansteckt. Es ist eine besondere Zeit für Luise, die keine blauen Kleider mehr trägt, und nachdem ich ihr von Anais erzählt habe, sagt sie, daß die Tagebücher gut in diese besondere Zeit passen werden. Sie hat die Bücher auf ihr Büfett gestellt, wo wir sie immer sehen können, während wir miteinander reden.

Luise fragt nach dem Buch, und ich erzähle von dem seltsamen Verlangen nach Gerechtigkeit, das in unserer Familie so mächtig wirkt, daß es sie fast zerstört hat.

Und in dir, sagt Luise, ist es auch noch lebendig. Du schreibst die Geschichte auf, damit sie am Ende doch nicht sinnlos gewesen ist.

Sie redet, als ob es eine Krankheit wäre, wenn man sich nicht damit abfinden will, daß die großen Erwartungen, die wir in unsere Bemühungen setzen, niemals erfüllt werden können.

Aber Luise macht überhaupt zwischen der Krankheit eines Menschen und seinem Charakter nur einen geringen Unterschied. Sie sagt zum Beispiel: Die Krankheit ändert einen Menschen nicht. Sie bringt nur gewisse Eigenschaften der Seele, die immer vorhanden gewesen sind, noch stärker zum Ausdruck. Sie macht Mutige zu Helden, Traurige zu Verzweifelten, Unreife zu Kindern, und die Einsamen werden noch einsamer.

Luise spricht an diesem Abend viel über ihren Beruf, und ich habe den Eindruck, daß sie jetzt Freud die Schuld an den Schwierigkeiten gibt, die sie selber mit ihrer psychoanalytischen Arbeit hat.

Plötzlich sage ich, daß ich an diesem Abend noch etwas Wichtiges mit Lisa besprechen muß. Ich umarme Luise.

Ich werde dich morgen anrufen, sage ich.

Was ich von Lisa gesagt habe, ist übrigens keine Ausrede. Mir ist eingefallen, daß sie sich an diesem Tag untersuchen lassen wollte, und daß ich jetzt so spät bin – es ist schon gegen elf Uhr – macht mich unruhig, als ob ich mir eine Schuld aufgeladen hätte, die sie mir nicht verzeihen wird.

Als ich nach Hause komme, ist unsere Wohnung dunkel, und ich öffne leise, damit ich Lisa nicht störe. Sie wird schon schlafen: im Gang, den ich dunkel gelassen habe, trete ich auf ein Kleidungsstück, von dem ich später feststelle, daß es ihr Anorak ist. Ich halte das für ein schlechtes Zeichen und denke, daß es ihr nicht ähnlich sieht, etwas einfach auf den Boden zu werfen, und nur die Vorstellung, es mache sie nur wütend, wenn sie jetzt noch von mir geweckt würde, hält mich davon ab, daß ich in ihr Zimmer eindringe und sie befrage.

Es passiert mir, daß ich nach kurzer Zeit aufwache und mir alle möglichen Antworten einfallen, die ich Luise vorher nicht gegeben habe, etwa: Wenn uns unsere Hoffnungen an der Wirklichkeit krank werden lassen, dann ist das umso schlimmer für die Wirklichkeit.

Usw.

Schöne Sätze.

Ich warte, bis die Uhr fast drei zeigt und ich sicher bin, daß ich nicht mehr einschlafen kann, und denke: Es liegt am Tee, den ich bei Luise getrunken habe. Natürlich weiß ich ganz genau, daß es daran nicht allein liegt. Im Licht, das aus meinem Zimmer kommt, sehe ich jetzt, daß die Tür zu Lisas Zimmer offensteht.

Wahrscheinlich, denke ich, hat sie auf mich gewartet.

Aber jetzt schläft sie sicher, und ich sage mir, daß ich sie ja nicht aufwecken will, und der Lärm, den ich in der Küche mache, verrät mir, daß ich gelogen habe. Ich koche mir Haferflocken; während ich darauf warte, daß das Wasser verdampft oder einzieht, bis sich im Topf ein weicher, massiger Fladen bildet, stelle ich mir einen Teller auf den Tisch und nehme das schmutzige Geschirr weg, das Lisa beim Abendessen hat stehen lassen. Und jetzt finde ich auf dem Tisch einen Zettel, den mir Lisa geschrieben hat. Aber das begreife ich erst später. Ich hantiere noch eine Weile weiter und sehe den Schmutz auf dem Küchenboden. Erst dann fange ich an zu lesen, was auf dem Zettel steht. Lisa schreibt etwas, das ich nicht leicht begreifen kann, und am Anfang verhindert es nicht einmal, daß ich anfange zu essen, daß ich mich mit dem Essen vollstopfe, diesem Essen, das mir genügen soll, um den Körper so zu betäuben, daß er in Schlaf fällt. Aber dann lese ich den Zettel wieder und schlafe nicht. Ich liege auf meinem Bett und denke über den Zettel nach, auf den Lisa geschrieben hat:

Ich habe in Deinem Buch gelesen. Wenn Du unsere Beziehung so siehst, wie Du sie beschreibst, halte ich es für besser, daß ich ausziehe. Um mir zu beweisen, daß ich es kann, werde ich im Hotel übernachten. Ich rufe Dich morgen vormittag (Samstag) an. Ich würde gerne mit Dir darüber reden.

Bis dieses Gespräch stattgefunden hat, sind es vielleicht sechs Stunden. Ich könnte sagen, daß mir diese Stunden sehr lang vorkamen, aber das wäre nicht richtig; jedenfalls wäre es nicht genug. Denn in dieser Zeit ist mir das Gefühl für irgendeinen richtigen Ablauf der Zeit verlorengegangen. Verschiedene Standpunkte, die ich gerade einnehme, fließen in andere über, mit denen sie nicht vereinbar sind, und Gedanken sind hinterher Träume, Träume Erlebnisse und Erlebnisse Phantasien, die sich als Überlegungen über Wünsche herausstellen, die ich verurteilen müßte.

Natürlich sage ich mir, daß Lisa nur etwas tut, was ich seit langem vorbereitet habe, aber daß Lisa es tut und nicht ich, ärgert mich, als ob es immer noch wichtig wäre. Das Zwitschern der Vögel draußen ist wie Geschrei oder tönt nach abgestochenen Schweinen, die nicht sterben wollen. Es klingelt: meine Mutter kommt zu Besuch. Oder Lisa tritt auf, die ich nicht erreichen kann, auch wenn ich mich über den Boden zu ihr hinschiebe und dabei brülle wie ein Kind. Ich bin jetzt drei Jahre alt.

Meine Mutter hat viel Gepäck, es wird noch von unten heraufgebracht: wie man es braucht, wenn man jahrelang bleiben will. Noch mehr Gepäck. Es ist alles, was man im Leben gehabt hat. Lisa ist schon im Haus; sie hat den Zettel geschrieben und sich danach versteckt. Ich bin in ihrem Zimmer, um sie zu suchen, und kann es nicht begreifen, daß Lisa in Wirklichkeit gar nicht da ist. Nur die Puppe auf ihrem Schreibtisch, die mich ansieht; das Kleid ist nicht fertiggeworden.

Meine Mutter kommt, um mich zu begraben. Ich versuche mir vorzustellen, wie es ist, nachdem ich mich von Lisa getrennt habe, aber ich fahre inzwischen nach Griechenland, wo ich mit Kaspar zusammenlebe, der mich nicht erkennt, weil ich einen anderen Namen habe. Ich bin überhaupt verschollen. Wenn Lisa kommt, bin ich schon verschwunden. Ich bin in Griechenland aus eigenem Willen verhungert.

Es scheitert nur daran, daß am Samstag die Banken geschlossen haben und ich nicht genug Geld auftreiben kann. Ich sage mir, daß ich nicht wie meine Mutter sein will. Ich sage Lisa, daß es von ihr unfair ist, mich zu verlassen, ohne vorher etwas zu sagen, ohne mich vorher zu warnen.

Wir sprechen am Telephon, wie sie es angekündigt hat. Ihre Stimme ist weich und heiser. Ich glaube, sie hat geweint.

Was machst du denn für Geschichten? frage ich sie. Ich spiele ihr immer noch vor, daß ich überlegen wäre.

Sie schlägt vor, daß wir uns in der Stadt treffen, vielleicht in einem Café.

Ich sage, daß ich mich wehre: Ich bin müde. Ich sage, daß ich mein Bett an diesem Tag nicht mehr verlassen werde. Sie gibt nach, auch wenn sie vorher noch sagt, daß sie es jetzt in der Wohnung nicht aushält.

Die Vorstellung, wie es nach der Trennung von Lisa sein wird: Zusammenleben mit einer Frau, die noch kein Gesicht hat. Dann kommt der Schlaf: zuerst ein Zustand von eigentümlicher Klarheit, in dem man weiß, daß man schläft, nachher Bewußtlosigkeit, Vergessen. Jetzt keine Träume.

Lisa sitzt am Bett und weiß nicht, wie sie mich wecken soll. Wir wollen gleich reden, sage ich.

Es ist Tag, und die Vorhänge in Lisas Zimmer sind aufgezogen, so daß die bekannte Blechwand mit ihren grauen Streifen sichtbar wird.

Die Puppe sitzt auf dem Tisch, wie ich sie in der Nacht gesehen habe.

Lisa macht ein Verhör.

Ich habe mich dagegen gewehrt. Ich sage: Ich werde mit dir über das Buch sprechen, aber nur, wenn du es ganz gelesen hast.

Ich habe mir, sagt Lisa, einiges herausgeschrieben. Das wenigstens mußt du mir ja erklären.

Zuerst habe ich mich noch einmal geweigert: Lisa ist mir davongelaufen, ohne mir auch nur die Chance zu geben, daß ich mich verteidige. Es liegt daran, daß sie zu niemand Vertrauen hat, auch nicht zu sich selber. Und deshalb läuft sie von mir weg, ohne mir etwas zu sagen, und so geschieht es, daß sie am Ende mein Vertrauen zerstört, und so geschieht es ...

Lisa schüttelt den Kopf: Die Chance, dich zu verteidigen, hast du ja jetzt.

Sie hat einen Stapel Zettel aus ihrer Handtasche ausgepackt, die sie nacheinander vorliest. Sie liest tonlos, und ihre Stimme zittert.

Aber weißt du, sage ich gleich, es ist doch ein Roman. Und ich erkläre ihr, daß ein Roman seinen eigenen Gesetzen folgt. Natürlich könntest du hinschreiben, was mit dir passiert, aber das wäre noch keine Literatur, sage ich, und die meisten Versuche, Literatur daraus zu machen, sind gescheitert.

Sie glaubt mir nicht.

Sie ruft: Viele Gespräche hast du doch wörtlich wiedergegeben. Zum Beispiel, wo ich sage, daß ich Kontakte gehabt habe. Ich glaube, genau das Wort habe ich verwendet. Oder als ich sage, daß ich ein Kind erwarte: da denkst du gleich wieder an die alte Geschichte. Aber das wäre ja noch gleichgültig. Was mich aufregt, ist doch, daß ich nie erfahre, was du wirklich denkst. Und du verlangst noch, daß ich dir mehr Vertrauen beweisen soll.

Sie liest: *Ich kann sie lieben für Erinnerungen, die sie in mir auslöst, wenn sie nicht mehr anwesend ist.*

Ich habe mich noch nicht richtig angezogen, und während unser Gespräch weitergeht, merke ich, daß ich friere. Zu dem Zitat sage ich, daß das nun wirklich ein Gedanke ist, den ich selber niemals gehabt habe. Ich erkläre: Ich wollte nur ausdrücken, daß es unsere Gefühle leichter haben,wenn sie von keiner Wirklichkeit gehemmt werden. Es zeigt, wie gründlich der Erzähler von der Wirklichkeit getrennt worden ist.

Der Erzähler, antwortet sie darauf, bist doch du. Und die Liebe, mit der du an irgendwelchen Vorstellungen hängst, ist auch keine andere als die, die du deiner Mutter vorwirfst.

Ich will noch einmal erklären, daß ich nicht der Erzähler bin, aber sie schneidet mir das Wort ab.

Ich will gar nicht genau wissen, wie du das geschrieben hast. Mir kommt es nur darauf an, was du denkst.

Sie liest dann Stellen vor, wo ich geschrieben habe, daß sie mir in Wirklichkeit gleichgültig ist.

Wenn das wahr ist, sagt sie, dann müssen wir uns doch trennen, denn es geht hier doch gar nicht um Liebe, sondern um eine Abhängigkeit.

Aus der Handlung, sage ich, geht doch hervor, daß der Erzähler in Wirklichkeit seine Lisa liebt. Die Empfindung, daß sie ihm gleichgültig ist, täuscht ihn doch nur über seine wirklichen Gefühle.

Was hast du denn für Gefühle? fragt sie mich, und ich zähle ihr ein paar auf: Die Wut, die er unterdrückt, die Trauer, die er vergessen hat . . .

Sie schreit, daß ich diese Wut doch herauslassen soll.

Oder warum weine ich nicht?

Das eben, sagt sie, finde ich schlimm: daß ich um jedes kleine Gefühl bei dir betteln muß. Alles, was du mir antust, soll ich mir auch noch schenken lassen.

Sie schlägt mit der Faust auf ihren Schreibtisch, und eine Dose mit Bleistiften, die am Rand gestanden ist, fällt herunter. Die Bleistifte rutschen über den Boden. Die Puppe, die an einen Stapel Bücher gelehnt war, liegt hilflos auf ihrem Rücken. Ich wiederhole noch einmal meine Behauptung, daß alles nur ein Roman ist, und daß der Roman seine eigenen Gesetze hat.

Dein Roman, sagt sie und probiert das Wort verschiedene Male aus. Und weißt du auch, wie du deinen Roman ausgehen lassen willst?

Meine Antwort: Ja, ich weiß es, aber ich habe Angst, du würdest mich mißverstehen.

Und Lisa, etwas ironisch: Sie trennen sich – natürlich.

Sie trennen sich, weil ich zeigen möchte, daß unter diesen

Bedingungen keine Verständigung möglich ist, sage ich. Die Arbeit, die sie tun müssen, macht ihre Fähigkeiten zunichte. Ich möchte nicht, daß sich der Leser am Ende des Romans damit beruhigt, daß sie eben zusammenbleiben.

Lisa sagt: Weil du dir eben vorstellst, daß es das bessere Ende ist, wenn sie sich nicht trennen. Aber du hast mir immer noch nicht erklärt, wie sich dein Roman von der Wirklichkeit unterscheidet.

In Wirklichkeit, sage ich, bin ich von Lisa gar nicht so abhängig, wie ich es beschrieben habe.

Und die Eltern, unterbricht sie mich, sind natürlich auch ganz anders, als du sie darstellst.

Ich habe noch vieles andere sagen wollen, aber in diesem Augenblick fällt es mir nicht mehr ein. Wie sie mich ansieht, während ich nachdenke, macht mir Angst. Ich kann ihrem Gesicht nicht ansehen, wie sie die Situation beurteilt. Ich schlage mir auf den Kopf.

Du schreibst, du weißt nicht mehr, was du mit mir reden sollst, und daß ich dir verboten habe, über die Fortschritte an deinem Manuskript zu reden, erinnert sie mich.

Und, rufe ich, und: das hast du doch auch getan. Übrigens haben wir ein ganzes Wochenende eine Auseinandersetzung darüber gehabt, daß du mir bestimmte Äußerungen einfach verbieten willst.

Sie hebt ihre Bleistifte auf.

Ja, sagt sie, aber du unterstellst mir, daß ich etwas, das ich einmal im Zorn gerufen habe, ein für allemal will.

Ich sage: Ich erlebe es doch so.

Ich erlebe es doch so. Lisa beginnt zu weinen. Und dann geschieht mir das Merkwürdige, daß ich auch zu weinen beginne.

Es ist, als ob ich an einem anderen Ort gewesen wäre. Später komme ich zurück und erlebe, daß ich immer noch in Lisas Zimmer bin, das sich nicht geändert hat. Lisa hat meinen Namen gerufen, und wir halten uns bei den Händen.

Sie erzählt mir, daß ich mit meinen Fäusten aufs Bett geschlagen habe:

Erinnerst du dich an etwas?

Ich erinnere mich, wie ich das letzte Mal geweint habe, als ich noch ein Kind war. Es war nicht in der Schule, wo sie über dich lachen, wenn du als Junge weinst.

Es ist schon spät. Irgendetwas, das meine Mutter aufgeregt hat. Ich höre die höhnische Stimme, die etwas sagt, das mich kränken soll, ohne daß die Worte noch einmal erkennbar werden.

Ich fange an, über das, was meine Mutter gesagt hat, zu weinen, und wahrscheinlich wurde ich deshalb allein ins Bett geschickt.

Ich habe nicht mehr aufgehört zu weinen, weil ich es wollte.

Meine Mutter kommt ins Zimmer und bittet mich, daß ich nicht mehr weinen soll. Ich habe gesehen, wie sehr sie alles, das sie mir immer wieder und wieder antut, bereut. Und das war vielleicht das Schlimmste.

Und seither, fragt Lisa, hast du nicht mehr geweint?

Ich sage, daß ich es glaube.

Aber die Wut? fragt sie; du hast doch vor Wut geschrien?

Ich habe manchmal daran gedacht, wie diese ganze Abhängigkeit ihren Ausgang genommen hat.

Ich sehe meine Mutter, wie sie mir nicht erlaubt, etwas richtig zu machen, weil ihre Erwartungen viel zu groß sind.

Lisa sagt, daß sie an meinen Vater denkt.

Wir haben das Fenster aufgerissen und liegen jetzt auf dem knackenden Brett. Die Farbe ist alt und blättert herunter, und einzelne Splitter bleiben in der Decke hängen, die mir Lisa umgehängt hat. Zwischen den Stangen im Hof hängt eine Frau Hosen auf. Ich habe sie nie gesehen. Vielleicht ist sie in der letzten Zeit, als noch einmal die Mieten erhöht wurden, irgendwo auf Untermiete eingezogen.

Jetzt, nachdem ich ruhiger geworden bin, sage ich zu Lisa,

daß ich mich dafür schäme, wie ich mich aufgeführt habe.

Aber das ist doch in Ordnung, sagt sie. Jetzt habe ich wenigstens das Gefühl, daß du da bist.

Diesmal habe ich keine Musik gebraucht, stelle ich fest. Eigentlich bin ich zufrieden. Wenn man selber nach einer solchen Geschichte zum ersten Mal weint, hat man natürlich das Bedürfnis, alles genau zu erzählen. Jetzt, wo ich zu den Eingeweihten gehöre . . .

Lisa legt ihren Finger auf meinen Mund.

Ich darf im Bett liegenbleiben und genießen, wie müde ich bin. Das Klappern von Töpfen und Pfannen: Lisa, die im letzten Moment etwas eingekauft hat, das ich mir gewünscht habe, um es mir zu kochen.

Einmal wäre ich fast eingeschlafen.

Dann ziehe ich mich rasch an und gehe wieder ans Fenster. Die Frau mit den Hosen ist immer noch da. Diesmal sieht sie herauf, und ich winke ihr zu. Ich habe gesehen, daß ihr Gesicht ziemlich schön ist.

Peter Schalmey
im Carl Hanser Verlag:

Meine Schwester und ich.
Roman. 1977

Peter Schalmey ist mit seinem Roman »Meine Schwester und ich« ganz sicher ein bemerkenswertes Debut gelungen. Er hat sich damit in die Tradition von Urs Widmer und Barbara Königs Roman »Personenperson« gestellt, einer Literatur des Surrealen, Phantastischen und Grotesken, die die bedrückenden und gespenstischen Züge unserer Realität als Waffe gegen eben dieses Bedrückende einsetzt.

Stephan Reinhardt in den »Frankfurter Heften«